KB153508

《시집Poems》(1881)을 쥐고 소파에 비스듬히 기댄 오스카 와일드(28세).
나폴레옹 사로니Napoleon Sarony의 사진, 뉴욕, 1882년.

본문 23쪽 〈낭비된 나날들〉의 모델이 된 바이올렛 트러브리지Violet Troubridge의 그림. "여름에 열심히 일하지 않은 소년은 겨울에 굶주리게 될 것이다He must hunger in frost that will not worke in heate"라는 문구가 쓰여 있다.

DESIGNS BY CHARLES S. RICKETTS
FOR FRONT AND BACK COVERS
"THE SPHINX" BY OSCAR WILDE

찰스 리케츠Charles S. Ricketts가 디자인한 《스핑크스The Sphinx》(1892)의 앞뒤 표지.

《매춘부의 집》(런던, 1904)에 삽입된 앨시아 자일스Althea Gyles의 삽화 가운데 두 점.

"블라인드 위를 휙 스쳐 지나며/ 환상적인 아라베스크를 펼쳐 보이는/ 이상한 기계 괴물 같은 그림자들" (본문 133쪽 〈매춘부의 집〉 중에서)

오스카 와일드(39세)와 앨프리드 더글러스(23세), 1893년. 두 사람은 1891년에 친구의 소개로 처음 만나 연인 사이가 되었다.

앨프리드 더글러스의 아버지 퀸즈베리 후작이 오스카 와일드에게 써 보낸 카드. "남색가를 자처하는 오스카 와일드에게For Oscar Wilde posing Somdomite"라고 적혀 있다. 이에 화가 난 더글러스가 부추겨 오스카 와일드는 그를 명예훼손으로 고발하게 된다.

THE ILLUSTRATED
POLICE NEWS
LAW COURTS AND WEEKLY RECORD
ESTABLISHED 1864.

No. 1628. [REGISTERED FOR CIRCULATION IN THE UNITED KINGDOM AND ABROAD.] SATURDAY, MAY 4, 1895. Price One Penny.

CLOSING SCENE AT THE OLD BAILEY.
TRIAL OF OSCAR WILDE

IMPROVED AND ENLARGED.

1895년 5월 4일 《폴리스 뉴스》에 실린 오스카 와일드의 재판장 모습. 퀸즈베리 후작과의 법정 분생에서 패한 와일드는 남색죄로 법정 최고형인 2년 징역형을 선고받게 된다.

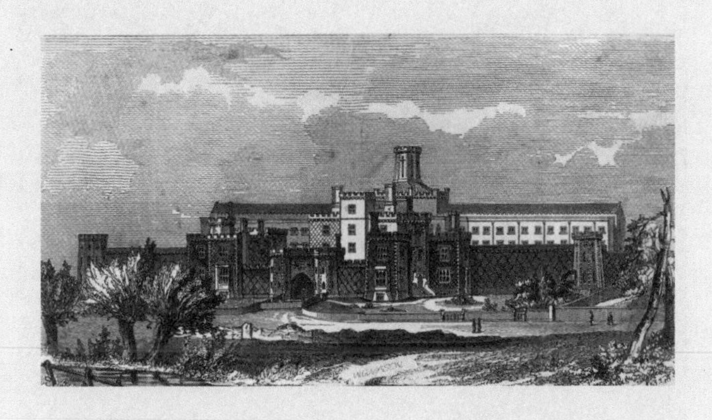

오스카 와일드가 1895년 11월 23일부터 1897년 5월 18일에 출소할 때까지 복역했던 레딩 감옥 전경. 이곳에서 1896년 7월 7일에 어느 사형수가 처형되었고, 그 사건을 목격한 와일드는 출소 후 6개월간 〈레딩 감옥의 노래〉를 집필하여 자신의 수인번호였던 C. 3. 3.라는 이름으로 발표했다.

귀스타브 도레Gustave Doré, 〈뉴게이트의 운동장Newgate Exercise yard〉(1872). 도레가 묘사한 것처럼 당시 감옥에 갇힌 죄수들은 운동을 해야 한다는 명목으로 교도소 앞마당을 원을 그리며 빙글빙글 돌아야 했다.

1898년에 800부만 출간되었던 오스카 와일드의 《레딩 감옥의 노래》 초판 중 하나로, 오스카 와일드가 자신의 책을 출간해준 레너드 스미더스Leonard Smithers에게 자신을 보러 와달라는 내용을 적은 친필 편지가 남아 있다.

오스카 와일드는 감옥에서 나온 뒤 후유증으로 고통받고 가난에 시달리다가 4년여 만인 1900년 11월 30일에 뇌수막염으로 사망하여 파리 페르 라셰즈에 묻혔다. 그의 묘는 제이컵 엡스타인Jacob Epstein이 조각한 〈날개 달린 스핑크스Winged Sphinx〉로 장식되어 있다.

레딩 감옥의
노래

레딩 감옥의 노래

2018년 2월 19일 초판 1쇄 인쇄
2018년 3월 2일 초판 1쇄 발행

지은이 오스카 와일드
옮긴이 김지현
펴낸곳 큐큐
펴낸이 최성경
편집 장지은
디자인 [서ㅡ랍: 최성경]

출판등록 2015년 3월 11일 제300-2015-43호.
주소 (04035) 서울시 마포구 양화로11길 64, 401호
전화 02-6494-2001 팩스 0303-3442-0305
홈페이지 ittaproject.com 이메일 itta@ittaproject.com
ISBN 979-11-962832-0-9 03840

큐큐는 잇다출판사의 퀴어 문학 출판 브랜드입니다.

이 도서의 국립중앙도서관 출판예정도서목록(CIP)은 서지정보유통지원시스템 홈페이지(http://seoji.nl.go.kr)와 국가자료공동목록시스템(http://www.nl.go.kr/kolisnet)에서 이용하실 수 있습니다.(CIP제어번호: CIP2018001146)
책값은 뒤표지에 있습니다. 잘못된 책은 구입하신 곳에서 바꾸어 드립니다.

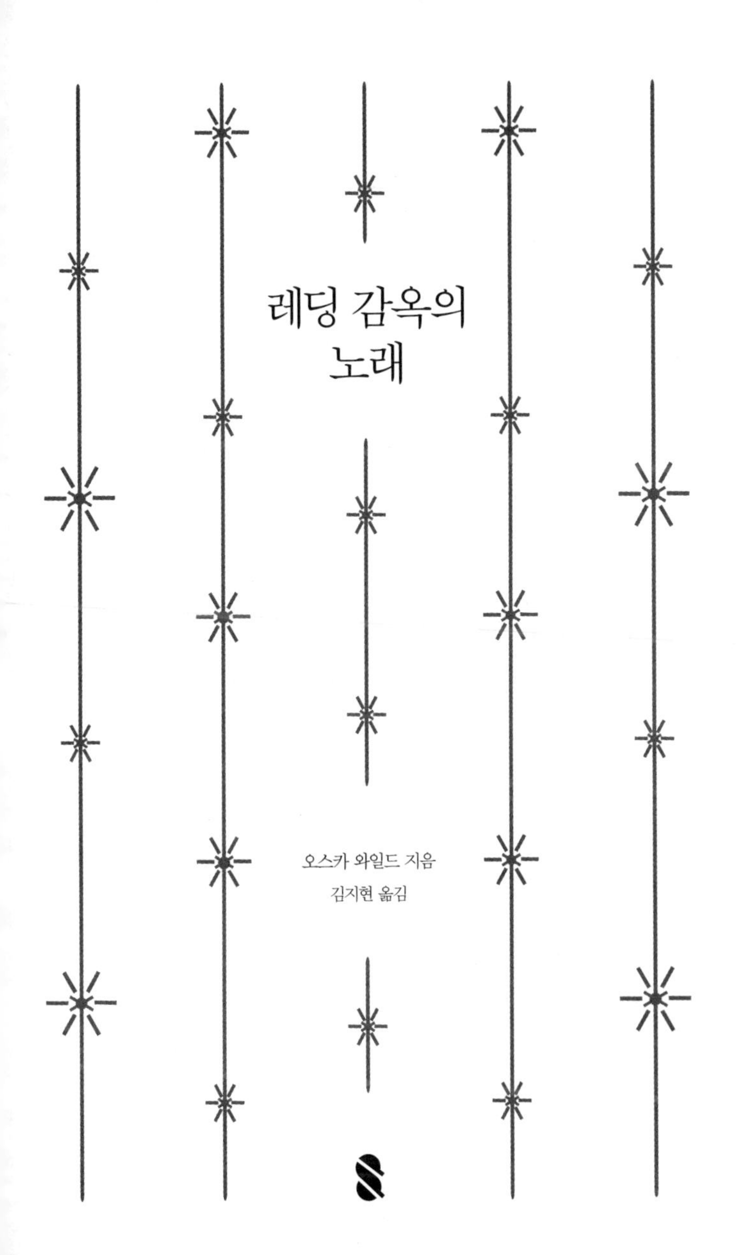
레딩 감옥의
노래
오스카 와일드 지음
김지현 옮김

차 례

• 일러두기

1. 이 책은 오스카 와일드의 시 중에서 일부를 선별해 옮긴 것으로, *Complete Poetry*(Oxford University Press, 1997)와 *Collected Poems of Oscar Wilde*(Wordsworth Poetry Library, 1994)를 저본으로 했다.
2. 본문의 주는 모두 옮긴이의 것이다.

이 불안하고 분주한, 현대의 세상 속
우리는 쾌락을 마음껏 즐겼지
그대와 나

Hélas!

To drift with every passion till my soul
Is a stringed lute on which all winds can play,
Is it for this that I have given away
Mine ancient wisdom, and austere control?
Methinks my life is a twice-written scroll
Scrawled over on some boyish holiday
With idle songs for pipe and virelay,
Which do but mar the secret of the whole.
Surely there was a time I might have trod
The sunlit heights, and from life's dissonance
Struck one clear chord to reach the ears of God:
Is that time dead? lo! with a little rod
I did but touch the honey of romance—
And must I lose a soul's inheritance?

슬퍼라!

정열의 물결 따라 표류하던 내 영혼은
아무 바람이나 연주할 수 있는 풍명금 되었네
이런 결말을 위해 나 고대의 지혜도,
금욕적 삶도 모두 버리고서 여기까지 온 걸까?
내 삶은 두 번 겹쓰인 두루마리와도 같아서
유년의 어느 휴일 위에 휘갈겨 쓴,
피리와 비틀레를 위한 한가한 노래들도 이제는 영영
그 온전한 비밀을 알 수 없게 되었네
한때는 나 또한 분명히 햇살 비치는 하늘을
걸을 수도, 삶의 불협화음 사이에서
신에게 가닿을 또렷한 음을 연주할 수도 있었는데
그 시절은 죽은 걸까? 아아! 나는 작은 막대기로
로맨스의 꿀을 살짝 건드려보았을 뿐인데[1]
그 대가로 영혼의 유산을 잃어야 하나?

1 사무엘상 14:43, 요나단이 아무것도 먹지 말라는 금제를 어기고 지팡이 끝으로 꿀을 찍어 맛본 대가로 사형 위기에 처했을 때 했던 말에서 따온 것.

Wasted Days

From A Picture Painted by Miss V. T.

A fair slim boy not made for this world's pain,
With hair of gold thick clustering round his ears,
And longing eyes half veil'd by foolish tears
Like bluest water seen through mists of rain;
Pale cheeks whereon no kiss hath left its stain,
Red under-lip drawn in for fear of Love,
And white throat whiter than the breast of dove—
Alas! alas! if all should be in vain.

Corn-fields behind, and reapers all a-row
In weariest labour toiling wearily,
To no sweet sound of laughter, or of lute;
And careless of the crimson sunset-glow
The boy still dreams: nor knows that night is nigh:
And in the night-time no man gathers fruit.

낭비된 나날들[2]

V. T. 양이 그린 그림으로부터

날씬하고 어여쁜 소년, 이 세상의 고통과 어울리지 않네.
　　숱 많은 금빛 머리카락 귓가에 고슬고슬하고
　　어리석은 눈물을 머금은 애타는 눈동자는
안개비 너머로 비친 푸르디푸른 물 같고,
키스의 흔적 없는 창백한 뺨,
　　사랑이 두려워 움츠린 빨간 아랫입술,
　　하얀 목은 비둘기 가슴보다도 흰데—
슬퍼라! 슬퍼라! 모든 게 정녕 헛되다면.

저 뒤에는 보리밭, 줄지어 늘어선 일꾼들이
　　지친 몸으로 낫을 들고 고생스럽게 일하느라
　　달콤한 웃음도, 류트 소리도 들을 겨를 없는데
진홍색 저녁노을에도 무심히, 소년은 마냥
　　꿈을 꾸네, 밤이 다가오는 줄도 모르고
　　밤에는 그 누구도 열매를 거둘 수 없을 터인데.

2　바이올렛 트러브리지Violet Troubridge의 그림을 보고 쓴 시. 후에 인물의 성별을 바꿔 〈마돈나 미아Madonna Mia〉(1881)라는 시로 개작함.

Requiescat

Tread lightly, she is near
    Under the snow,
Speak gently, she can hear
    The daisies grow.

All her bright golden hair
    Tarnished with rust,
She that was young and fair
    Fallen to dust.

Lily-like, white as snow,
    She hardly knew
She was a woman, so
    Sweetly she grew.

Coffin-board, heavy stone,

평안히 잠들길[3]

사뿐히 걸어요, 그녀 가까이 있으니
    여기 눈밭 아래에
살며시 말해요, 그녀 들을 수 있으니
    데이지가 자라는 소리를

환하던 황금빛 머리칼은
    모두 녹슬어 흐려졌고
어리고 어여뻤던 그녀는
    흙이 되어 사라졌군요

백합 같은, 눈처럼 하얀
    그녀는 자신이 여자라는 것도
잘 몰랐지요, 너무나
    사랑스레 자랐기 때문에

관 뚜껑, 묵직한 돌

3 1867년에 열 살의 이른 나이로 세상을 떠난 여동생 이솔라를 기리며 쓴 시.

Lie on her breast,
I vex my heart alone,
She is at rest.

Peace, Peace, she cannot hear
Lyre or sonnet,
All my life's buried here,
Heap earth upon it.

그녀의 가슴에 놓였고
나 홀로 애태우는데
그녀는 이미 잠들었군요

평안히, 평안히, 그녀는 듣지 못해요
리라도, 소네트도
내 모든 삶이 여기에 묻혔으니
흙을 덮어주세요

Easter Day

The silver trumpets rang across the Dome:
    The people knelt upon the ground with awe:
    And borne upon the necks of men I saw,
Like some great God, the Holy Lord of Rome.
Priest-like, he wore a robe more white than foam,
    And, king-like, swathed himself in royal red,
    Three crowns of gold rose high upon his head:
In splendour and in light the Pope passed home.
My heart stole back across wide wastes of years
    To One who wandered by a lonely sea,
    And sought in vain for any place of rest:
'Foxes have holes, and every bird its nest,
    I, only I, must wander wearily,
    And bruise my feet, and drink wine salt with tears.'

부활절

은제 트럼펫 소리가 성당 너머로 울려 퍼졌네.
　　사람들은 경외심에 겨워 무릎을 꿇었네.
　　그리고 나는 보았지, 위대한 신처럼
사람들의 고개 위로 떠받들어진, 로마의 교황을.
사제처럼, 거품보다 흰 예복을 걸치고
　　왕처럼, 위풍당당한 붉은 띠를 두르고
　　금장미의 관 세 개를 머리 높이 쓰고서
화려하고 눈부시게 제자리를 지나가는데
내 마음은 드넓은 세월의 황무지 저편으로 돌아갔네
　　쓸쓸한 바닷가를 정처 없이 거닐던 이에게로
　　쉴 곳을 찾아 헛되이 헤매던 이에게로.
"여우에게는 굴이, 새에게는 둥지가 있는데
　　나는, 나만은, 고단히 방황해야 하는구나[4]
　　다친 발로, 눈물 섞인 와인을 마시며."

4　누가복음 9:58 "예수께서는 '여우도 굴이 있고 하늘의 새도 보금자리가 있지만 사람의 아들은 머리 둘 곳조차 없다.' 하고 말씀하셨다."

Endymion

For Music

The apple trees are hung with gold,
    And birds are loud in Arcady,
The sheep lie bleating in the fold,
The wild goat runs across the wold,
But yesterday his love he told,
    I know he will come back to me.
O rising moon! O Lady moon!
    Be you my lover's sentinel,
    You cannot choose but know him well,
For he is shod with purple shoon,
You cannot choose but know my love,
    For he a shepherd's crook doth bear,
And he is soft as any dove,
    And brown and curly is his hair.

엔디미온[5]

음악을 위해

사과나무에 황금이 맺혀 있고
　　새들이 큰 소리로 우짖는 아르카디아[6]
양 떼는 한데 누워 매애 울고
들염소는 고원을 가로질러 뛰어가지만
어제 사랑을 말해준 그이는
　　분명 나에게 돌아올 거야.
오 떠오르는 달님! 오 정숙한 달님!
　　당신이 내 연인의 파수꾼이 되어주세요
　　당신이라면 알아볼 수밖에 없겠지요
그는 자줏빛 신발을 신었으니까요
당신이라면 알아볼 수밖에 없겠지요
　　그는 양치기의 지팡이를 들었으니까요
그리고 비둘기 못지않게 나긋하고
　　갈색 곱슬머리를 한 사람이랍니다.

5　그리스 신화에서 달의 여신에게 사랑받은 청년.

6　그리스 펠로폰네소스반도에 있는 지방으로, 목가적인 낙원의 전형으로 통한다.

›

The turtle now has ceased to call
  Upon her crimson-footed groom,
The grey wolf prowls about the stall,
The lily's singing seneschal
Sleeps in the lily-bell, and all
  The violet hills are lost in gloom.
O risen moon! O holy moon!
  Stand on the top of Helice,
  And if my own true love you see,
Ah! if you see the purple shoon,
The hazel crook, the lad's brown hair,
  The goat-skin wrapped about his arm,
Tell him that I am waiting where
  The rushlight glimmers in the Farm.

The falling dew is cold and chill,
  And no bird sings in Arcady,

›

거북은 더 이상 부르지 않네

진홍빛 발을 가진 신랑을,

회색 늑대는 마구간을 맴돌고

백합의 청지기는 노래를 부르다

백합의 종 속에서 잠을 자고

제비꽃 언덕은 어둠에 묻혔구나.

오 떠오른 달님! 오 성스러운 달님!

헬리케[7]의 꼭대기에 서주세요

그리고 내 진정한 사랑을 보거든

아! 그의 자줏빛 신발을 보거든

개암나무 지팡이, 갈색 머리카락,

만약 염소 가죽 두른 팔을 보거든

그에게 말해주세요, 내가 기다린다고

골풀 양초가 가물거리는 농장에서.

차갑고 선득한 이슬이 내리고

새 한 마리 울지 않는 아르카디아

7 펠로폰네소스반도에 위치한 도시이자, 그리스 신화에 등장하는 님프 칼리스토의 이름. 칼리스토는 달의 여신 아르테미스를 따르던 님프로, 큰곰자리를 이루는 별이 되었다고 전해진다.

The little fauns have left the hill,

Even the tired daffodil

Has closed its gilded doors, and still

    My lover comes not back to me.

False moon! False moon! O waning moon!

    Where is my own true lover gone,

    Where are the lips vermilion,

The shepherd's crook, the purple shoon?

Why spread that silver pavilion,

    Why wear that veil of drifting mist?

Ah! thou hast young Endymion,

    Thou hast the lips that should be kissed!

작은 목신들은 언덕을 떠났고
수선화마저 지쳐서 금빛 문을
닫아버렸는데, 내 사랑은
　　아직도 내게 돌아오지 않네.
거짓된 달님! 거짓된 달님! 오 이지러지는 달님!
　　내 진정한 연인은 어디로 갔나요
　　주홍색 입술은 어디에 있나요
양치기 지팡이는, 자줏빛 신발은?
당신은 왜 은빛 커튼을 펼치나요
　　안개의 베일은 또 왜 쓰나요?
아! 당신이 젊은 엔디미온을 데려갔군요
　　키스받아야 할 입술을 당신이 가져갔군요!

In the Forest

Out of the mid-wood's twilight
    Into the meadow's dawn,
Ivory-limbed and brown-eyed
    Flashes my Faun!

He skips through the copses singing,
    And his shadow dances along,
And I know not which I should follow,
    Shadow or song!

O Hunter, snare me his shadow!
    O Nightingale, catch me his strain!
Else moonstruck with music and madness
    I track him in vain!

숲속에서

숲 한가운데의 황혼으로부터
　　초원의 여명 속으로
상아색 다리, 갈색 눈의
　　나의 파우누스[8]가 뛰어가네!

그는 수풀을 스치며 노래하고
　　그림자는 춤을 추며 나아가고
나는 무엇을 따라가야 하나
　　그림자일까, 노래일까!

오 사냥꾼이여, 저 그림자를 붙잡아주오!
　　오 나이팅게일아, 저 선율을 가져다주렴!
아니면 나는 음악과 광기에 홀려서
　　그를 헛되이 뒤쫓겠네!

8　로마 신화의 목신. 반은 사람, 반은 염소의 모습을 하고 있다. 숲과 사냥, 목축을 주관하며, 춤과 음악을 좋아한다.

Fantaisies Décoratives: Les Ballons

Against these turbid turquoise skies
    The light and luminous balloons
    Dip and drift like satin moons,
Drift like silken butterflies,

Reel with every windy gust,
    Rise and reel like dancing girls,
    Float like strange transparent pearls,
Fall and float like silver dust.

Now to the low leaves they cling,
    Each with coy fantastic pose,
    Each a petal of a rose
Straining at a gossamer string.

Then to the tall trees they climb,
    Like thin globes of amethyst,

장식 환상곡: 풍선들

탁한 터키옥빛 하늘에
    환한 풍선들이 가벼이
    새틴 보름달처럼 까닥이며 떠돈다
실크 나비처럼 떠돈다

바람이 불 때마다 흔들
    두둥실 흔들 춤을 추듯이
    투명한 진주들처럼 떠간다
은빛 먼지처럼 내려앉다 떠간다

그러다 낮은 나뭇잎에 걸려서
    저마다 수줍은 포즈를 취하고
    저마다 거미줄에 매달린
장미 꽃잎처럼 바둥거리네

이제는 높은 우듬지로 올라간다
    가냘픈 자수정 구슬들처럼

Wandering opals keeping tryst

With the rubies of the lime.

라임 열매들과 밀회의 약속을 지키려
배회하는 오팔들처럼

Symphony in Yellow

An omnibus across the bridge
    Crawls like a yellow butterfly,
    And, here and there, a passer-by
Shows like a little restless midge.

Big barges full of yellow hay
    Are moored against the shadowy wharf,
    And, like a yellow silken scarf,
The thick fog hangs along the quay.

The yellow leaves begin to fade
    And flutter from the Temple elms,
    And at my feet the pale green Thames
Lies like a rod of rippled jade.

노란색 교향곡

다리를 건너는 승합마차
　　노란 나비처럼 기어가니
　　문득, 여기저기, 행인이
조그만 각다귀처럼 나타난다

그늘진 부두에 정박한 너벅선들에
　　수북히 실린 노란 건초 더미
　　그리고, 선창을 따라 휘감긴
노란 스카프 같은 안개

법학원 느릅나무에 나부끼는
　　노란 잎사귀들 빛바래가면
　　내 발치에는 비취 막대기처럼
가로놓인 담녹색 템스강

In the Gold Room: A Harmony

Her ivory hands on the ivory keys
    Strayed in a fitful fantasy,
Like the silver gleam when the poplar trees
    Rustle their pale leaves listlessly,
    Or the drifting foam of a restless sea
When the waves show their teeth in the flying breeze.

Her gold hair fell on the wall of gold
    Like the delicate gossamer tangles spun
On the burnished disk of the marigold,
    Or the sun-flower turning to meet the sun
    When the gloom of the dark blue night is done,
And the spear of the lily is aureoled.

And her sweet red lips on these lips of mine
    Burned like the ruby fire set
In the swinging lamp of a crimson shrine,

황금 방에서: 화음

상아 건반을 노니는 그녀의 상아빛 손이
　　불규칙한 환상곡 속에서 길을 잃었다
포플러 나무의 창백한 잎사귀들이 나른히
　　몸을 뒤치며 은색 빛을 번뜩이는 것처럼,
　　불어치는 바람결에 파도가 제 이빨을 드러내며
들썩이는 바다에 거품이 떠오르는 것처럼.

황금 벽에 드리운 그녀의 황금빛 머리칼
　　반들거리는 마리골드 꽃 쟁반에 쳐진
고운 거미줄 타래를 보는 듯하고,
　　밤의 검푸른 어둠이 물러난 뒤
　　백합의 창에 빛무리가 둘러질 때
태양을 향해 고개 돌리는 해바라기인 듯도 하고,

내 입술에 겹쳐진 그녀의 달콤한 붉은빛 입술은
　　진홍색 감실龕室에서 흔들리는 성체등聖體燈 속
타오르는 한 쌍의 루비 불꽃인 듯,

Or the bleeding wounds of the pomegranate,

Or the heart of the lotus drenched and wet

With the spilt-out blood of the rose-red wine.

또는 쪼개진 석류에서 불거진 상처나

잎질러진 와인의 장밋빛 피로

흠백 젖은 연꽃의 심장인 듯.

Impressions: Les Silhouettes

The sea is flecked with bars of grey,
The dull dead wind is out of tune,
And like a withered leaf the moon
Is blown across the stormy bay.

Etched clear upon the pallid sand
Lies the black boat: a sailor boy
Clambers aboard in careless joy
With laughing face and gleaming hand.

And overhead the curlews cry,
Where through the dusky upland grass
The young brown-throated reapers pass,
Like silhouettes against the sky.

인상들: 실루엣

회색 선들로 얼룩진 바다
음정이 틀어진 둔탁한 맞바람에
메마른 낙엽 한 장 같은 달이
폭풍우 치는 해안으로 굴러온다.

창백한 모래밭에 또렷이 새겨진
새까만 배 한 척, 그 위로
까불까불 기어올라가는 어린 선원의
웃는 얼굴과 반짝이는 손

그리고 머리 위로 도요새 한 마리
저 어스름한 고원의 풀밭에서 우짖고,
갈색 목의 젊은 추수꾼들이 지나가네
하늘을 배경 삼은 실루엣들처럼.

Apologia

Is it thy will that I should wax and wane,
    Barter my cloth of gold for hodden grey,
And at thy pleasure weave that web of pain
    Whose brightest threads are each a wasted day?

Is it thy will—Love that I love so well—
    That my Soul's House should be a tortured spot
Wherein, like evil paramours, must dwell
    The quenchless flame, the worm that dieth not?

Nay, if it be thy will I shall endure,
    And sell ambition at the common mart,
And let dull failure be my vestiture,
    And sorrow dig its grave within my heart.

변명

그대 때문일까, 내가 차올랐다가 다시 기울고
　　황금 옷을 거친 나사 옷으로 바꿔 입어야 하는 것은
그대가 원하는 것일까, 낭비된 나날들을 가닥가닥 모아
　　가장 밝은 실 삼아 고통의 거미줄을 엮는 것은

그대 때문일까 — 내가 그토록 사랑하는 사랑 때문일까
　　내 영혼이 고통스러운 곳에서 살아야 하는 것은
꺼지지 않는 불꽃이, 죽지 않는 벌레가
　　사악한 애인처럼 도사리고 있는 곳에서[9]

그래, 만약 그대의 뜻이라면 나는 견디리
　　내 야망 따위는 시장 바닥에 내다 팔며
슬픔으로 판 내 심장의 무덤에 슬픔을 묻으며
　　내 어리석은 실패로 옷을 지어 입으리

9　마가복음 9장 48절에서 따온 구절. 지옥을 뜻함.

Perchance it may be better so—at least

I have not made my heart a heart of stone,

Nor starved my boyhood of its goodly feast,

Nor walked where Beauty is a thing unknown.

Many a man hath done so; sought to fence

In straitened bonds the soul that should be free,

Trodden the dusty road of common sense,

While all the forest sang of liberty,

Not marking how the spotted hawk in flight

Passed on wide pinion through the lofty air,

To where some steep untrodden mountain height

Caught the last tresses of the Sun God's hair.

Or how the little flower he trod upon,

The daisy, that white-feathered shield of gold,

Followed with wistful eyes the wandering sun

어쩌면 이편이 나을 수도 있지 — 적어도
　　내 심장은 돌덩이처럼 굳어지지는 않았으니
푸짐한 향연이 없는 유년으로 배를 곯지도,
　　아름다움이 알려지지 않은 땅을 걷지도 않았으니

많은 사람이 그렇게 살지, 자유로워야 할 영혼에
　　빡빡히 조인 굴레를 씌워 가두려 하고
숲은 모두 자유의 노래를 부르고 있는데도
　　건전한 상식의 먼지 깔린 길을 걷는다지

점박이 매가 드높은 하늘 위로 날아올라
　　아무도 밟은 적 없는 가파른 산 어딘가로,
태양신의 머리채 끝자락이 닿는 데로 향할 때
　　큰 날개를 어떻게 펼치는지는 안중에도 없고,

자신이 밟은 작은 데이지[10] 한 송이가,
　　흰 깃털 달린 황금 방패 같은 그 꽃이
방황하는 해를 애타는 눈길로 좇다가

10 태양의 신인 아폴론을 사랑한 요정 클리티에가 해바라기 또는 데이지로 변했다는 신화에서.

Content if once its leaves were aureoled.

But surely it is something to have been
The best belovèd for a little while,
To have walked hand in hand with Love, and seen
His purple wings flit once across thy smile.

Ay! though the gorgèd asp of passion feed
On my boy's heart, yet have I burst the bars,
Stood face to face with Beauty, known indeed
The Love which moves the Sun and all the stars!

잎사귀에 빛무리만 져도 기뻐한다는 것도 모른다지

잠시나마 누구보다도 사랑받는 연인이 되었다는 것,
사랑과 함께 손잡고 걸었다는 것,
사랑의 자줏빛 날개가 그대 미소에 스치는 순간을
보았다는 것은 분명 대단한 일이야

아! 게걸스러운 정열의 독사가 내 소년의
심장을 먹고 살아도, 나는 빗장을 부수고
아름다움과 마주 서서, 결국엔 알아내고 말았지
태양 그리고 모든 별을 움직이는 사랑을![11]

11 단테의 《신곡》 〈천국편〉의 마지막 구절.

Quia Multum Amavi

Dear Heart, I think the young impassioned priest
　　When first he takes from out the hidden shrine
His God imprisoned in the Eucharist,
　　And eats the bread, and drinks the dreadful wine,

Feels not such awful wonder as I felt
　　When first my smitten eyes beat full on thee,
And all night long before thy feet I knelt
　　Till thou wert wearied of Idolatry.

Ah! hadst thou liked me less and loved me more,
　　Through all those summer days of joy and rain,
I had not now been sorrow's heritor,
　　Or stood a lackey in the House of Pain.

Yet, though remorse, youth's white-faced seneschal,
　　Tread on my heels with all his retinue,

너무나 사랑했기에

그대여, 어느 젊고 열정적인 사제가
　　숨겨진 성소에서 첫 성찬식을 치르며
성체에 갇힌 그의 신을 처음으로 배령하고
　　그 빵을 먹고 그 지독한 포도주를 마실 때에도

나만큼 끔찍한 경이감을 느끼진 못했을 거야
　　내 눈이 그대를 처음 똑바로 보았을 때
그리고 밤새도록 그대 앞에 무릎 꿇고
　　그대가 질릴 만큼 숭배를 바쳤을 때의 나만큼은

아! 기쁨과 비가 내리던 그 모든 여름날
　　그대가 나를 덜 좋아하고 더 사랑했더라면
지금쯤 나는 슬픔의 상속인이 아니었을 텐데
　　고통의 집에서 종살이를 하지도 않았을 텐데

그러나, 회한이, 청춘의 청지기가 그 흰 얼굴로
　　수행단을 이끌고 나를 바짝 뒤따른다 하여도

I am most glad I loved thee—think of all

The suns that go to make one speedwell blue!

나는 그대를 사랑했음이 더없이 기쁘네 — 한 송이의
　　푸른 봄까치꽃을 피워낸 그 모든 태양을 생각하면!

Silentium Amoris

As often-times the too resplendent sun
    Hurries the pallid and reluctant moon
Back to her sombre cave, ere she hath won
    A single ballad from the nightingale,
    So doth thy Beauty make my lips to fail,
And all my sweetest singing out of tune.

And as at dawn across the level mead
    On wings impetuous some wind will come,
And with its too harsh kisses break the reed
    Which was its only instrument of song,
    So my too stormy passions work me wrong,
And for excess of Love my Love is dumb.

But surely unto Thee mine eyes did show
    Why I am silent, and my lute unstrung;
Else it were better we should part, and go,

사랑의 침묵

지나치게 찬란한 해의 채근에 못 이긴
　　달이, 창백한 얼굴로 마지못해 움직여
그녀의 침울한 동굴로 돌아가듯이, 그리하여
　　나이팅게일의 노랫소리 한 자락도 듣지 못하듯이,
　　그대의 아름다움에 내 입술은 멎어버리고
나의 가장 달콤한 노래는 모두 어그러진다.

동틀 녘 너른 초원을 지나는
　　바람이, 맹렬히 날개를 퍼덕이며 날아와
자신의 유일한 악기인 갈대를
　　지나치게 격렬한 입맞춤으로 꺾어버리듯이,
　　나의 휘몰아치는 격정은 나를 그르치고
사랑으로 가득 찬 내 사랑은 말을 잃는다.

하지만 그대는 내 눈을 보고 알겠지
　　내 침묵을, 내 류트의 현이 풀린 이유를.
아니라면 우리는 헤어지는 편이 낫겠지

Thou to some lips of sweeter melody,
And I to nurse the barren memory
Of unkissed kisses, and songs never sung.

그대는 더 달콤한 멜로디를 부르는 입술에게로,

나는 못다 한 입맞춤들과 부르지 못한 노래들의 황량한 기억을 보듬는 삶으로, 떠나야겠지.

Her Voice

The wild bee reels from bough to bough
    With his furry coat and his gauzy wing,
Now in a lily-cup, and now
    Setting a jacinth bell a-swing,
        In his wandering;
Sit closer love: it was here I trow
        I made that vow,

Swore that two lives should be like one
    As long as the sea-gull loved the sea,
As long as the sunflower sought the sun,—
    It shall be, I said, for eternity
        'Twixt you and me!
Dear friend, those times are over and done;
        Love's web is spun.

Look upward where the poplar trees

그녀의 목소리

털외투에 투명한 날개를 단
　　야생벌이 나뭇가지 사이로 옮겨 다니며
한 번은 백합의 잔에서, 또
　　한 번은 히아신스의 종에서
　　　그네를 타고 있네
이리 와 앉아, 그대여. 여기가 바로
　　　내가 맹세했던 곳일 거야.

나는 서약했지, 두 삶이 하나 되리라
　　갈매기가 바다를 사랑하는 한
해바라기가 태양을 좇는 한
　　우리도 영원히 그러하리라
　　　그대와 나 사이도!
사랑하는 친구여, 그 시절은 이제 끝났고
　　　사랑의 거미줄이 쳐지고 말았어.

저 높이 포플러 나무들이 여름 공기 속에서

Sway and sway in the summer air,
Here in the valley never a breeze
Scatters the thistledown, but there
Great winds blow fair
From the mighty murmuring mystical seas,
And the wave-lashed leas.

Look upward where the white gull screams,
What does it see that we do not see?
Is that a star? or the lamp that gleams
On some outward voyaging argosy,—
Ah! can it be
We have lived our lives in a land of dreams!
How sad it seems.

Sweet, there is nothing left to say
But this, that love is never lost,
Keen winter stabs the breasts of May
Whose crimson roses burst his frost,
Ships tempest-tossed
Will find a harbour in some bay,

흔들리고 흔들리는 것을 봐.
여기 이 골짜기에는 바람 한 줄기 없어
엉겅퀴 꽃씨도 흩날리지 않는데, 저기에는
거센 바람이 잘도 부네
끊임없이 속삭이는 광막하고 신비로운 바다로부터
파도에 씻긴 초원으로부터.

저 높이 우짖는 하얀 갈매기를 봐.
우리가 못 보는 그 무엇을 보는 걸까
별일까? 아니면 먼 바다로 나가는
어느 배에서 번뜩이는 등불일지도 몰라.
아! 어쩌면 우리는
꿈의 세계에서 살아왔던 것은 아닐까!
얼마나 슬픈 일인지

그대여, 이제 할 말은 남지 않았네.
다만 사랑은 결코 사라지지 않으며
매서운 겨울이 오월의 가슴을 찔러도
진홍색 장미는 성에를 뚫고 피어나고
폭풍우에 시달린 배들이
어느 뭍의 항구에 다다르게 되듯이

And so we may.

And there is nothing left to do

But to kiss once again, and part,

Nay, there is nothing we should rue,

I have my beauty,—you your Art,

Nay, do not start,

One world was not enough for two

Like me and you.

우리도 그렇게 될 거야.

그리고 이제 할 일은 남지 않았네
한 번 더 키스하고 헤어지는 것밖엔.
그래, 우리에게는 후회할 것이 없어
내게는 아름다움이, 그대에게는 예술이 있으니
아니, 아무 말도 마
그대와 나, 우리 두 사람은
하나의 세상으로는 부족했던 거야.

My Voice

Within this restless, hurried, modern world
    We took our hearts' full pleasure—You and I,
And now the white sails of our ship are furled,
    And spent the lading of our argosy.

Wherefore my cheeks before their time are wan
    For very weeping is my gladness fled,
Sorrow has paled my young mouth's vermilion,
    And Ruin draws the curtains of my bed.

But all this crowded life has been to thee
    No more than lyre, or lute, or subtle spell
Of viols, or the music of the sea
    That sleeps, a mimic echo, in the shell.

나의 목소리

이 불안하고 분주한, 현대의 세상 속
　　우리는 쾌락을 마음껏 즐겼지 — 그대와 나,
그러나 이제 우리 배의 흰 돛은 걷히고
　　배 안의 화물은 모두 소진되었구나.

어째서 내 뺨은 때 이르게 파리해졌을까
　　우는 것이 곧 나의 사라진 기쁨이기에
슬픔이 내 젊은 입술의 진홍빛을 빼앗고
　　몰락이 내 침대에 커튼을 치고 있기에.

그러나 이 모든 지리멸렬한 삶이 그대에게는
　　리라나 류트, 또는 비올이 부리는[12]
미묘한 마법이나, 조개껍데기 속에서 잠자는
　　바다의 음악, 그 메아리에 지나지 않겠지.

12　〈모나리자〉에 관해 월터 페이터Walter Pater가 쓴 해설에서 따온 구절.

Tædium Vitæ

To stab my youth with desperate knives, to wear
This paltry age's gaudy livery,
To let each base hand filch my treasury,
To mesh my soul within a woman's hair,
And be mere Fortune's lackeyed groom,—I swear
I love it not! these things are less to me
Than the thin foam that frets upon the sea,
Less than the thistle-down of summer air
Which hath no seed: better to stand aloof
Far from these slanderous fools who mock my life
Knowing me not, better the lowliest roof
Fit for the meanest hind to sojourn in,
Than to go back to that hoarse cave of strife
Where my white soul first kissed the mouth of sin.

삶의 권태

절박한 칼을 휘둘러 내 청춘을 난도질하고
이 형편없는 시대의 천박한 제복을 걸치고
비열한 좀도둑들의 손에 내 금고를 내맡기고
어느 여자의 머리채에 영혼을 얽매여
운명의 여신에게 굽신대는 신랑이 될 것을, 맹세컨대
사랑하지 않아! 이것들은 내게 부질없다
바다 위로 부서지는 가냘픈 거품보다도,
씨앗도 없이 여름 공기에 떠다니는
엉겅퀴 솜털보다도. 차라리 나는 초연히 서 있겠어
나를 모르면서 내 삶을 조롱하는 바보들에게서
멀리 떨어져, 가장 누추한 집에서 지내겠어
천하디천한 시골뜨기에게나 알맞을 곳에서.
내 순백의 영혼이 처음 죄의 입술과 키스했던
떠들썩한 불화의 동굴로 돌아가느니.

The Sphinx

To Marcel Schwob in friendship and in admiration

In a dim corner of my room for longer than my fancy thinks

A beautiful and silent Sphinx has watched me through the shifting gloom.

Inviolate and immobile she does not rise she does not stir

For silver moons are naught to her and naught to her the suns that reel.

Red follows grey across the air the waves of moonlight ebb and flow

But with the Dawn she does not go and in the night-time she is there.

Dawn follows Dawn and Nights grow old and all the while this curious cat

스핑크스

마르셀 슈보브에게 우정과 존경을 담아

내 방의 어두한 구석, 일렁이는 그늘 속에서 나를 바라보는
아름답고 조용한 스핑크스. 지금 막 왔을까, 아니 한참 전부터

범접할 수 없는, 미동도 없는, 그녀는 일어나지 않고 움직이지 않는다.
그녀에게는 은빛 달도 아무것도 아니고, 빙빙 도는 태양도 아무것도 아니니까.

공기 중에 적색이 회색을 뒤이어 오고, 달빛의 파도 밀려왔다 쓸려가지만
새벽이 와도 그녀는 가지 않고 그녀가 자리하는 곳은 한밤중이다.

새벽이 새벽에 뒤이어 오고 밤이 늙어가는 내내, 이 호기심 많은 고양이는

Lies couching on the Chinese mat with eyes of satin rimmed with gold.

Upon the mat she lies and leers and on the tawny throat of her

Flutters the soft and silky fur or ripples to her pointed ears.

Come forth, my lovely seneschal! so somnolent, so statuesque!

Come forth you exquisite grotesque! half woman and half animal!

Come forth my lovely languorous Sphinx! and put your head upon my knee!

And let me stroke your throat and see your body spotted like the Lynx!

And let me touch those curving claws of yellow ivory and grasp

중국산 방석 위에 웅크리고 있다. 금테 두른 새틴 눈동자로

음험하게 웃으며, 그녀는 방석 위에 웅크린 채 황갈색 목을 가누고
실크 같은 보드라운 털을 나부끼고, 뾰족한 귀를 쫑긋거린다.

이리 오렴, 내 사랑스러운 집사야! 어쩌면 그렇게 나른하고, 조각상 같을까?
이리 오렴, 반은 여자고, 반은 동물인 아름다운 괴물아![13]

이리 오렴, 나의 사랑스럽고 나른한 스핑크스! 내 무릎을 베고 누우렴.
네 목덜미를 쓰다듬고, 스라소니 같은 반점이 박힌 네 몸을 보게 해주련?

구부러진 노란빛 상아 발톱을 만져보고, 네 묵직한 벨

13 이집트의 스핑크스는 일반적으로 남성이고, 여성 스핑크스는 그리스에 속한다. 와일드가 의도적으로 혼용하고 있다.

The tail that like a monstrous Asp coils round your heavy velvet paws!

*

A thousand weary centuries are thine while I have hardly seen

Some twenty summers cast their green for Autumn's gaudy liveries.

But you can read the Hieroglyphs on the great sandstone obelisks,

And you have talked with Basilisks, and you have looked on Hippogriffs.

O tell me, were you standing by when Isis to Osiris knelt?

벳 발바닥을 휘감은
기괴한 독사 같은 그 꼬리도 한번 붙잡아보고 싶구나!

*

고단한 천 번의 세기世紀를 너는 지나왔는데, 나는 겨우 스무 번쯤 보았을까
여름이 녹음을 벗고 가을의 천박한 제복으로 갈아입는 것을.

하지만 너는 위대한 사암의 오벨리스크에 새겨진 상형문자도 읽을 수 있고
바실리스크[14]와 대화하기도, 히포그리프[15]를 구경하기도 했겠지.

오, 말해줘. 너는 이시스가 오시리스에게 무릎 꿇었을 때 그 곁에 있었니?[16]

14 수탉의 머리에 뱀의 몸을 한 전설 속 괴물.
15 독수리의 머리와 날개를 가진 말의 형상을 한 괴물로, 베르길리우스의 〈아이네이스〉에서 유래.
16 이시스는 이집트 신화의 여신으로, 자신의 남편이자 오빠인 오시리스가 살해되자, 토막 나 버려진 시신 부위들을 되찾아 다시 살려냈다.

And did you watch the Egyptian melt her union for Antony

And drink the jewel-drunken wine and bend her head in mimic awe

To see the huge proconsul draw the salted tunny from the brine?

And did you mark the Cyprian kiss white Adon on his catafalque?

And did you follow Amenalk, the God of Heliopolis?

And did you talk with Thoth, and did you hear the moon-horned Io weep?

클레오파트라가 안토니우스를 위해 진주를 녹인 와인을 마셨을 때는?

그 건장한 체구의 총독이 소금에 절인 다랑어를 낚아 올렸을 때,
그 옆에서 짐짓 감탄하는 척 고개를 수그리던 그녀의 모습도 너는 보았니?[17]

키프로스의 여신[18]이 석관에 누인 하얀 아도니스에게 키스하는 것은?
너는 헬리오폴리스의 신, 아몬을 따른 적은 있니?[19]

토트[20]와 대화한 적은? 달의 뿔을 단 이오[21]가 우는 소리를 들은 적은?

17 클레오파트라와 낚시를 하던 안토니우스가 낚싯바늘에 미리 물고기를 꿰어두고 낚는 척하는 속임수를 쓰자, 클레오파트라는 소금에 절인 생선을 바늘에 꿰어서 그를 골탕 먹였다는 일화가 있다.

18 비너스를 뜻함.

19 아몬은 이집트 신화에서 신들의 왕이자 풍요의 신이며, 헬리오폴리스는 이집트의 종교도시로 신학의 중심지 역할을 했다.

20 이집트 신화에서 지혜와 학문의 신.

21 그리스 신화에서 헤라를 모시던 사제로, 제우스의 사랑을 받은 그녀를 질투한 헤라 여신이 암소로 바꿔놓았다고 전해진다.

And know the painted kings who sleep beneath the wedge-shaped Pyramid?

*

Lift up your large black satin eyes which are like cushions where one sinks!

Fawn at my feet, fantastic Sphinx! and sing me all your memories!

Sing to me of the Jewish maid who wandered with the Holy Child,

And how you led them through the wild, and how they slept beneath your shade.

Sing to me of that odorous green eve when crouching by the marge

You heard from Adrian's gilded barge the laughter of Antinous

쐐기 모양의 피라미드 아래서 잠자는, 색칠된 왕들을 너는 만나보았니?

*

네 커다란 검은색 새틴 눈을, 몸을 기대면 푹 꺼지는 쿠션 같은 그 눈동자를 들어봐!
내 발치에서 아양을 떨어봐, 환상적인 스핑크스야! 그리고 네 기억을 모두 노래해줘!

성스러운 아이를 데리고 헤매었던 유대인 하녀에 대해 내게 노래해줘.
그들이 어떻게 너의 안내를 받아 광야를 건너고, 네 그늘 아래서 잠을 청했는지[22]

향기로운 초록빛 저녁, 하드리아누스 황제의 금칠된 거룻배 가장자리에
쭈그려 앉아 있었을 때는 어땠니? 그 배에서 안티누스[23]의 웃음소리가 들려왔을 때,

22 성모마리아와 요셉이 헤롯왕의 박해를 피해 아기 예수를 데리고 이집트로 탈출하던 일화에서.

And lapped the stream and fed your drouth and watched with hot and hungry stare
The ivory body of that rare young slave with his pomegranate mouth!

Sing to me of the Labyrinth in which the twiformed bull was stalled!
Sing to me of the night you crawled across the temple's granite plinth

When through the purple corridors the screaming scarlet Ibis flew
In terror, and a horrid dew dripped from the moaning Mandragores,

)

그리고 시냇물을 할짝이며 갈증을 달래던 네가, 뜨겁고 굶주린 눈길로

희귀한 젊은 노예의 상앗빛 몸과 석룻빛 입술을 바라보았을 때는 어땠니?

두 가지 몸을 지닌 황소가 갇혀 있던 미궁에 대해서도 노래해줘![24]

네가 신전의 화강암 대좌 위를 기어가던 날 밤에 대해서도 노래해줘!

그때 겁에 질린 진홍색 따오기[25]가 비명을 지르며 자줏빛 회랑으로 날아가고,

신음하는 만드라고라[26]에서는 소름 끼치는 이슬이 떨어져 내리지 않았니?

23 로마의 황제 하드리아누스의 총애를 받은 미모의 청년으로 나일강에 빠져 죽었다고 전해진다.

24 그리스 신화에 나오는 인간의 몸에 소의 머리를 한 괴물 미노타우로스의 일화를 뜻함.

25 이집트에서 따오기는 신성한 새로 여겨졌다.

26 뿌리가 사람의 모양을 닮은 약초로 땅에서 뽑아내면 비명을 지른다고 전해짐.

And the great torpid crocodile within the tank shed slimy tears,
And tare the jewels from his ears and staggered back into the Nile,

And the priests cursed you with shrill psalms as in your claws you seized their snake
And crept away with it to slake your passion by the shuddering palms.

*

Who were your lovers? who were they who wrestled for you in the dust?
Which was the vessel of your Lust? What Leman had you, every day?

Did giant Lizards come and crouch before you on the reedy banks?

›

그리고 수조 안에 무기력하게 늘어져 있던 거대한 악어가 끈적끈적한 눈물을 흘리고

귀에서 귀고리를 뜯어내고는, 비틀거리며 나일강으로 돌아가지는 않았니?[27]

네가 사제들의 뱀을 발톱으로 낚아채고 야자수 아래로 날아가 네 욕구를 풀었을 때

사제들이 너를 저주하며 새된 목소리로 불러댔던 성가는 또 어떤 가락이었니?

*

네 연인들은 누구였지? 너를 차지하려 먼지를 일으키며 몸싸움을 벌였던 이들이?

누가 네 욕정의 그릇이었을까? 날마다 어떤 애인을 곁에 두었을까?

거대한 도마뱀이, 갈대 우거진 둑 위로 올라와 네 곁에

27 이집트의 신들은 대부분 동물의 형상을 취했는데, 이집트인들은 그 동물을 신성시하여 애지중지하며 키웠다.

Did Gryphons with great metal flanks leap on you in your trampled couch?

Did monstrous hippopotami come sidling toward you in the mist?

Did gilt-scaled dragons writhe and twist with passion as you passed them by?

And from the brick-built Lycian tomb what horrible Chimera came

With fearful heads and fearful flame to breed new wonders from your womb?

*

Or had you shameful secret quests and did you harry to your home

몸을 웅크렸을까?

금속 몸의 그리핀[28]이, 짓밟힌 침대에 누워 있던 네게로 내려앉았을까?

무시무시한 하마가, 안개 속에서 쭈뼛쭈뼛 네게 다가오지는 않았을까?

황금 비늘 용이, 네가 지나갈 때마다 애가 닳아서 몸부림치진 않았을까?

리키아의 벽돌무덤에서 어느 소름 끼치는 키마이라[29]가 나타나,

그 끔찍한 머리와 불꽃으로 네 자궁에 새로운 경이를 심어주려 했을까?

*

아니면 너는 남부끄러운 밀회를 즐기려 집을 나섰을까? 그래서 호박琥珀 거품 속에 갇힌,

28 독수리의 머리와 날개, 사자의 몸과 뒷다리를 가진 전설 속 괴물.

29 그리스 신화에서 머리는 사자, 몸통은 염소, 꼬리는 용의 형상을 하고 입에서 불을 뿜는 괴물. 리키아에 같은 이름의 화산이 있다.

Some Nereid coiled in amber foam with curious rock crystal breasts?

Or did you treading through the froth call to the brown Sidonian
For tidings of Leviathan, Leviathan or Behemoth?

Or did you when the sun was set climb up the cactus-covered slope
To meet your swarthy Ethiop whose body was of polished jet?

Or did you while the earthen skiffs dropped down the grey Nilotic flats
At twilight and the flickering bats flew round the temple's triple glyphs

Steal to the border of the bar and swim across the silent lake

신비로운 수정 젖가슴을 가진 네레이드[30]를 채근해 집으로 데려갔을까?

아니면 물거품을 헤치고 걸어가 갈색 피부의 시돈 사람을 불러,
레비아단이나 베헤모스[31]의 기별을 알려달라 외쳤나?

아니면 해가 진 뒤, 선인장으로 뒤덮인 언덕을 기어올라가
윤이 흐르는 흑옥 같은 육체의 에티오피아인을 만나진 않았나?

아니면, 흙으로 빚은 거룻배들이 해질 녘 나일강을 따라 내려가고
가물가물 빛나는 박쥐들이 신전의 기둥에 새겨진 무늬 위를 맴도는 동안,

너는 모래톱 기슭으로 슬그머니 기어가, 잔잔한 호수를 헤엄쳐,

30 바다의 정령.

31 욥기에 나오는, 각각 악어와 하마의 형상을 한 괴물.

And slink into the vault and make the Pyramid your lúpanar

Till from each black sarcophagus rose up the painted swathèd dead?
Or did you lure unto your bed the ivory-horned Tragelaphos?

Or did you love the god of flies who plagued the Hebrews and was splashed
With wine unto the waist? or Pasht, who had green beryls for her eyes?

Or that young god, the Tyrian, who was more amorous than the dove

지하 납골당으로 숨어들어가서, 피라미드를 네 매음굴로 만들었을지도 몰라.

검은 석관들 속, 채색된 붕대에 싸여 있던 망자들이 다 깨어나도록 말이야.

아니면, 혹시 상아 뿔을 단 트라겔라푸스[32]를 네 침대로 꾀어 들였던 걸까?

아니면 히브리인들을 괴롭히고, 몸을 허리까지 와인에 담그고 첨벙거렸던

파리들의 대왕[33]을 사랑했을까? 그것도 아니면 녹주석 눈을 지닌 바스테트 여신[34]을 사랑했을까?

아니면 아슈타로트[35]의 비둘기보다 더 다정다감한, 티레의 청년[36]을 사랑했던 걸까?

32 염소와 수사슴이 섞인 전설 속 괴물.

33 벨제붑, 또는 바알이라고 불리는 악마. 히브리어로 '파리의 왕'이라는 뜻이다. 구약 성경에는 히브리인들을 박해한 이집트를 벌하기 위해 신이 파리 떼를 보냈다고 나온다.

34 고양이의 모습을 한 이집트의 여신.

35 고대 시리아의 풍요의 여신. 아프로디테에 대응한다.

36 아도니스.

Of Ashtaroth? or did you love the god of the Assyrian

Whose wings, like strange transparent talc, rose high above his hawk-faced head,

Painted with silver and with red and ribbed with rods of Oreichalch?

Or did huge Apis from his car leap down and lay before your feet

Big blossoms of the honey-sweet and honey-coloured nenuphar?

*

How subtle-secret is your smile! Did you love none then? Nay, I know

Great Ammon was your bedfellow! He lay with

아니면 혹시 아시리아의 신이었을까? 투명한 광석 같은 기묘한 날개가

머리 위로 높이 솟아 있고, 갈비뼈는 오레이칼코스[37]의 막대들로 되어 있고,
은색과 빨간색으로 채색된, 매의 머리를 달고 있는 신 말이야.

아니면 거대한 아피스[38]가 마차에서 뛰어내려, 너의 발치에
꿀처럼 달콤한, 꿀 빛깔을 띤, 큼지막한 수련 꽃송이들을 놓아주지는 않았을까?

*

참 오묘한 미소를 짓는구나! 그러면 너는 아무도 사랑하지 않았단 거야? 아니, 설마.
나는 알지, 네 애인은 위대한 아몬이었어! 바로 그가

37 ορείχαλκος. 고대 그리스 문헌으로 전해지는 금속으로, 황동이나 청동의 일종으로 추정됨.

38 이집트 신화에서 황소의 머리를 한 신.

you beside the Nile!

The river-horses in the slime trumpeted when they saw him come
Odorous with Syrian galbanum and smeared with spikenard and with thyme.

He came along the river bank like some tall galley argent-sailed,
He strode across the waters, mailed in beauty, and the waters sank.

He strode across the desert sand: he reached the valley where you lay:
He waited till the dawn of day: then touched your black breasts with his hand.

You kissed his mouth with mouths of flame: you made the hornèd god your own:
You stood behind him on his throne: you called him by his secret name.

나일 강가에서 너와 동침한 거야!

진흙탕에 파묻혀 있던 하마들이, 아몬이 오는 길 보고 일제히 소리쳐 알렸겠지.

시리아의 갈바눔 향을 풍기고, 온몸에 감송향과 백리향을 휘감은 채,

아몬은 마치 은빛 돛을 단 갤리선처럼 강을 따라 미끄러져 내려왔겠지,

아름다움으로 무장한 그가 강을 건너고 나면, 강물은 어느새 줄어들었을 테지.

모래사막을 가로질러 성큼성큼 걸어서, 네가 누워 있는 계곡에 다다른 그는

날이 밝을 때까지 기다렸다가, 너의 검은 젖가슴을 어루만졌겠지.

너는 불꽃의 입술로 그의 입술에 키스하고, 뿔 달린 신을 네 것으로 만들었을 거야.

너는 그의 권좌 옆에 서서, 은밀한 이름[39]으로 그를 불렀을 거야.

›

You whispered monstrous oracles into the caverns of his ears:

With blood of goats and blood of steers you taught him monstrous miracles.

White Ammon was your bedfellow! Your chamber was the steaming Nile!

And with your curved archaic smile you watched his passion come and go.

*

With Syrian oils his brows were bright: and wide-spread as a tent at noon

His marble limbs made pale the moon and lent the day a larger light.

너는 그의 귓가에 무시무시한 충고를 속삭여주기도 하고
염소와 수송아지의 피로 그에게 무시무시한 기적을 가르치기도 했겠지.

흰 아몬이 네 애인이었어! 너의 침실은 김이 피어오르는 나일강이었고!
그리고 너는 구붓한 고대의 미소[40]를 지으며, 그가 격정에 사로잡혔다 풀려나는 것을 지켜보았어.

*

그의 이마는 시리아의 기름으로 환했고, 정오의 천막처럼 넓게 펼쳐진
그의 대리석 팔과 다리는 달빛을 무색게 했고, 새벽을 더욱 찬란케했지.

39 이집트에서는 신의 비밀스러운 이름이 알려질수록 그의 마법이 약해진다고 전해진다.

40 그리스 고졸기 조각상에서 공통적으로 나타나는, 살짝 미소 떤 듯한 입매를 뜻한다.

His long hair was nine cubits' span and coloured like that yellow gem

Which hidden in their garment's hem the merchants bring from Kurdistan.

His face was as the must that lies upon a vat of new-made wine:

The seas could not insapphirine the perfect azure of his eyes.

His thick soft throat was white as milk and threaded with thin veins of blue:

And curious pearls like frozen dew were broidered on his flowing silk.

*

On pearl and porphyry pedestalled he was too

›

그의 긴 머리카락은 길이가 아홉 큐빗[41]이나 되었고,
그 빛깔은
쿠르디스탄에서 상인들이 옷자락 안에 숨겨 들여온,
노란 보석과도 같았지.

그의 얼굴은 갓 담근 와인 위에 떠오른 포도즙과도 같았고
바다도 그의 눈동자의 완벽한 청색보다 더 푸르지는
못했지.

그의 굵고 부드러운, 우유처럼 흰 목은 푸른 정맥들로
누벼져 있었고
그의 실크 자락에는 얼어붙은 이슬 같은 기묘한 진주
들이 수놓여 있었지.

*

진주와 반암 위에 올라선 그는 쳐다보지도 못할 만큼

41 고대에서 길이를 잴 때 쓰던 도량형. 1큐빗은 약 45~55센티미터.

bright to look upon:

For on his ivory breast there shone the wondrous ocean-emerald,

That mystic moonlit jewel which some diver of the Colchian caves

Had found beneath the blackening waves and carried to the Colchian witch.

Before his gilded galiot ran naked vine-wreathed corybants,

And lines of swaying elephants knelt down to draw his chariot,

And lines of swarthy Nubians bare up his litter as he rode

Down the great granite-paven road between the nodding peacock-fans.

눈부셨어.

그의 상아 가슴 위에서 번쩍이는 경이로운 바다의 에메랄드 때문에.

달빛이 스며든 그 신묘한 보석은 콜키스 동굴의 어느 잠수부들이

시커먼 파도 아래에서 발견해, 콜키스의 마녀[42]에게 가져다준 것이었어.

금으로 칠해진 그의 갤리선 앞에서, 포도 덩굴로 몸을 가린 코리반트[43]들이 달아났고

흔들거리는 코끼리들이 줄지어 무릎을 꿇고서, 그의 마차를 끌어내렸고

거무스름한 누비아 사람들의 대열이 그의 가마를 들어 올렸고

까닥이는 공작새 부채들 사이에 앉아, 그는 화강암으로 포장된 길을 따라 나아갔어.

42 그리스 신화에 나오는 콜키스의 왕녀 메데이아를 뜻함.

43 키벨레 여신을 섬기던 프리기아의 사제들.

The merchants brought him steatite from Sidon in their painted ships:

The meanest cup that touched his lips was fashioned from a chrysolite.

The merchants brought him cedar chests of rich apparel bound with cords:

His train was borne by Memphian lords: young kings were glad to be his guests.

Ten hundred shaven priests did bow to Ammon's altar day and night,

Ten hundred lamps did wave their light through Ammon's carven house—and now

Foul snake and speckled adder with their young ones crawl from stone to stone

For ruined is the house and prone the great

화려한 상선들은 그에게 바칠 시돈[44]의 동석凍石을 실어 왔고
그의 입술에 닿는 술잔들은 가장 소박한 것조차 감람석으로 만든 것이었지.

상인들이 가져온 삼목 상자 안에는 끈으로 묶인 호화로운 의복들이 들어 있었고
그의 초대에 기꺼이 응한, 멤피스의 젊은 군주들이 그의 옷자락을 받들어주었지.

천 명의 삭발한 사제들이 아몬의 제단에 밤낮으로 절을 했고
조각이 새겨진 신전 안에서 천 개의 등불이 흔들렸는데—그런데 지금은

더러운 뱀과 얼룩덜룩한 살무사가 새끼들을 거느리고 돌 사이로 기어 다니는구나
신전은 폐허가 되었고, 으리으리한 장밋빛 대리석 기

44 고대 페니키아의 항구도시. 부와 악덕의 도시로 악명 높다.

rose-marble monolith!

Wild ass or trotting jackal comes and couches in the mouldering gates:

Wild satyrs call unto their mates across the fallen fluted drums.

And on the summit of the pile the blue-faced ape of Horus sits

And gibbers while the fig-tree splits the pillars of the peristyle

*

The god is scattered here and there: deep hidden in the windy sand

I saw his giant granite hand still clenched in

둥은 쓰러져버렸으니까!

썩어가는 입구에는 야생 당나귀나 발걸음 가벼운 사칼이 들어와 엎드려 쉬고
세로 홈이 새겨진 기둥들은 바닥에 뒹굴고, 그 너머로 야생의 사티로스[45]들이 짝을 부르고

호루스[46]의 푸른 얼굴 원숭이가 그 폐허의 꼭대기에 앉아 지껄여대는 동안
주랑의 기둥들은 무화과나무 가지에 꿰뚫려 쪼개지는구나.

*

그 신은 여기저기 흩어져 있어. 바람에 흩날리는 모래언덕 깊숙이
여전히 무력한 절망에 겨워 주먹을 불끈 쥔, 그 거대한

45 그리스 신화에 나오는 반인반수의 정령들. 술의 신 디오니소스의 시종들로서, 짓궂고 주색을 밝힌다고 전해진다. 서구에서 오랑우탄을 처음 발견했을 때 사티로스라는 이름으로 부르기도 했다.

46 이집트 신화에서 이시스의 아들이자 태양의 신.

impotent despair.

And many a wandering caravan of stately negroes silken-shawled,

Crossing the desert, halts appalled before the neck that none can span.

And many a bearded Bedouin draws back his yellow-striped burnous

To gaze upon the Titan thews of him who was thy paladin.

*

Go, seek his fragments on the moor and wash them in the evening dew,

화강암 손을 나는 보았지.[47]

사막을 건너던 상단의, 실크 숄을 걸친 위풍당당한 흑인들이
아무도 측량할 수 없을 그 굵은 목 앞에서 기겁해 멈춰 서는 것도 보았지.

수염이 덥수룩한 베두인족 유목민들이, 노란 줄무늬 두건을 젖히고
네 수호기사였던 이의 거대한 근육을 올려다보는 것도 보았지.

*

가, 황야로 가서 그의 파편들을 주워 모아 저녁 이슬에 씻어봐.

47 셸리의 시 〈오지만디아스Ozymandia〉(1818)에 나오는 폐허의 심상을 연상케하는 부분. 오지만디아스는 파라오 람세스 2세를 뜻하는데, 파라오들은 아몬 신의 자식으로 알려져 있었다. 여기서부터 '신'의 이미지는 아몬, 이시스가 시체 조각들을 찾아 되살렸던 오시리스, 신을 자칭했던 이집트의 왕들, 그리고 머리에 기름을 발라 축복받았던 그리스도와 그의 죽음으로 연결된다.

And from their pieces make anew thy mutilated paramour!

Go, seek them where they lie alone and from their broken pieces make
Thy bruisèd bedfellow! And wake mad passions in the senseless stone!

Charm his dull ear with Syrian hymns! he loved your body! oh, be kind,
Pour spikenard on his hair, and wind soft rolls of linen round his limbs!

Wind round his head the figured coins! stain with red fruits those pallid lips!
Weave purple for his shrunken hips! and purple for his barren loins!

*

Away to Egypt! Have no fear. Only one God has

그 조각들을 이어 맞춰서, 너의 난도질된 연인을 되살려봐!

가, 그곳에 가서 덩그러니 뒹굴고 있을 토막들을 이어 붙여

너의 상처 입은 애인을 빚어내보렴! 그 무감각한 돌에게서 미친 격정을 불러일으켜보렴!

시리아의 찬가를 불러, 아무것도 듣지 못할 그의 귀를 사로잡아봐! 그는 네 몸을 사랑했잖니! 아, 친절을 베풀어,

그의 머리카락에 감송향 기름을 부어주고, 팔다리에 부드러운 아마포를 감아주렴!

무늬가 새겨진 동전들로 그의 머리를 둘러줘! 파리한 입술을 붉은 과일로 물들여줘!

쪼그라든 엉덩이를 감싸줄, 그 메마른 국부를 덮어줄 자줏빛 옷을 지어줘!

*

이집트로 떠나렴! 두려워하지 마. 죽은 신은 오로지 한

ever died.

Only one God has let His side be wounded by a soldier's spear.

But these, thy lovers, are not dead. Still by the hundred-cubit gate

Dog-faced Anubis sits in state with lotus-lilies for thy head.

Still from his chair of porphyry gaunt Memnon strains his lidless eyes

Across the empty land, and cries each yellow morning unto thee.

And Nilus with his broken horn lies in his black and oozy bed

분밖에 없으니.

오로지 단 하나의 신만이 병사의 창에 옆구리를 꿰뚫려 죽었지.

그러나 이 신들은, 너의 연인들은 죽지 않았어. 여전히 백 큐빗의 문[48] 옆에서
개의 얼굴을 한 아누비스[49]가 네 머리에 달아줄 연꽃을 들고 당당히 앉아 있잖아.

수척한 멤논은 여전히 반암 의자에 앉아, 눈꺼풀 없는 눈으로
텅 빈 땅을 내다보며, 노랗게 밝아오는 아침마다 너를 부르고 있지.[50]

검고 질벅거리는 침대에 누워 있는, 뿔이 부러진 닐루스[51]는

48 고대 이집트의 수도 테베(현재 룩소르)는 '백 개의 문'으로 불렸다.

49 이집트 신화에서, 죽은 자들의 신.

50 멤논은 그리스 신화에 나오는 새벽의 여신 에오스의 아들로, 에티오피아로 가 그곳의 왕이 된다. 이집트에는 멤논의 이름이 붙은 파라오 석상이 있는데, 햇살이 비칠 때 하프 줄을 퉁기는 듯한 기묘한 소리를 내는 것으로 유명하다.

And till thy coming will not spread his waters on the withering corn.

Your lovers are not dead, I know. They will rise up and hear your voice

And clash their cymbals and rejoice and run to kiss your mouth! And so,

Set wings upon your argosies! Set horses to your ebon car!

Back to your Nile! Or if you are grown sick of dead divinities

Follow some roving lion's spoor across the copper-coloured plain,

Reach out and hale him by the mane and bid him be your paramour!

Couch by his side upon the grass and set your white teeth in his throat

네가 오기 전까지는 시들어가는 곡식에 물을 내어주지 않겠지.

네 연인들은 죽지 않았어. 내가 잘 알지. 그들은 일어나 네 목소리를 들을 거야

그리고 심벌즈를 치며 기쁘게 달려가 네 입술에 키스할 거야! 그러니,

네 배가 있는 곳으로 날아가! 네 흑단 마차에 말들을 매!

나일강으로 돌아가! 혹시 옛 신들에게 싫증이 난 거니?

그렇다면 구릿빛 평원을 방랑하는 어느 사자의 자취를 따라가

그의 갈기를 잡아당기고, 그에게 네 애인이 되어달라고 해봐!

풀밭에서 그의 곁에 웅크려 목덜미에 네 흰 이빨을 박아 넣고

51 이집트 강의 신이자 나일강을 라틴어로 표기한 이름.

And when you hear his dying note lash your long flanks of polished brass

And take a tiger for your mate, whose amber sides are flecked with black,
And ride upon his gilded back in triumph through the Theban gate,

And toy with him in amorous jests, and when he turns, and snarls, and gnaws,
O smite him with your jasper claws! and bruise him with your agate breasts!

*

Why are you tarrying? Get hence! I weary of your sullen ways,
I weary of your steadfast gaze, your somnolent magnificence.

Your horrible and heavy breath makes the light

그가 죽어가는 소리가 들리거든, 너의 낭창낭창한, 윤이 흐르는 황동 옆구리를 흔들어봐!

그리고 호박 옆구리에 검은 반점이 있는 호랑이를 네 짝으로 맞아들여,
금박이 입혀진 그의 등을 타고, 의기양양하게 테베의 문으로 달려 들어가서

짓궂게 그를 희롱하다가, 그가 고개를 돌리고 으르렁거리며 물어뜯으려는 순간
네 벽옥 발톱으로 그를 후려치고, 네 마노 가슴으로 그를 깔아뭉개렴!

*

왜 꾸물거리는 거지? 어서 나가! 너의 그 뚱한 태도가 이제는 지겨워.
네 흔들림없는 눈길도, 나른한 위엄도 더 이상 보고 싶지 않아.

네가 내뱉는 섬뜩하고 묵직한 숨결 때문에 등잔 속 불

flicker in the lamp,

And on my brow I feel the damp and dreadful dews of night and death.

Your eyes are like fantastic moons that shiver in some stagnant lake,

Your tongue is like a scarlet snake that dances to fantastic tunes,

Your pulse makes poisonous melodies, and your black throat is like the hole

Left by some torch or burning coal on Saracenic tapestries.

Away! The sulphur-coloured stars are hurrying through the Western gate!

Away! Or it may be too late to climb their silent silver cars!

See, the dawn shivers round the grey gilt-dialled towers, and the rain

꽃이 깜빡거리고,

나의 이마는 밤과 죽음의 선득한 이슬방울들로 축축히 젖었구나.

네 눈은 어느 고여 있는 호수 속을 떠도는 환상적인 달 같아.

네 혀는 환상적인 연주에 맞춰 춤을 추는 진홍색 뱀 같아.

네 맥박은 해로운 선율을 자아내고, 네 검은 목은 마치 사라센의 태피스트리에 횃불이나 숯불이 남긴 시커먼 구멍 같구나.

가! 유황빛 별들이 서쪽 문으로 발길을 재촉하고 있으니!

가! 별들의 고요한 은빛 마차를 놓치지 않으려면 서둘러야지!

봐, 금빛 눈금판을 단 회색 시계탑들[52] 사이로 새벽이 덜덜 떨며 물러나고

52 옥스포드 대학의 건물들을 연상시킴.

Streams down each diamonded pane and blurs with tears the wannish day.

What snake-tressed fury fresh from Hell, with uncouth gestures and unclean,

Stole from the poppy-drowsy queen and led you to a student's cell?

*

What songless tongueless ghost of sin crept through the curtains of the night,

And saw my taper burning bright, and knocked, and bade you enter in.

Are there not others more accursed, whiter with leprosies than I?

Are Abana and Pharphar dry that you come here to slake your thirst?

마름모꼴 유리창마다 빗줄기가 흘러내려, 창백한 여명을 눈물로 흐리고 있잖아.

뱀 머리를 한 어느 운명의 여신[53]이 지옥에서 뛰쳐나와, 상스럽고 불결한 몸짓으로
양귀비처럼 졸고 있던 왕비[54]에게서 너를 빼내 이곳으로, 학생들의 감옥으로 이끈 걸까?

*

혀도 없고 노래도 못 하는 어느 죄의 유령이, 밤의 장막 사이로 기어 나와
내 방의 양초가 환히 타오르는 것을 보고, 문을 두드려 너를 들여보낸 걸까?

나보다 더 저주받은, 나보다 창백한 문둥이들은 없단 말이야?
아바나 강과 발바르 강[55]이 말라붙어서, 네가 목을 축이러 여기까지 온 걸까?

53 단테의 《신곡》에서 운명의 세 여신이 메두사로 단테를 위협한다.
54 그리스 신화에서 저승의 신 하데스의 왕비인 페르세포네를 뜻함.

›

Get hence, you loathsome mystery! Hideous animal, get hence!

You wake in me each bestial sense, you make me what I would not be.

You make my creed a barren sham, you wake foul dreams of sensual life,

And Atys with his blood-stained knife were better than the thing I am.

False Sphinx! False Sphinx! By reedy Styx old Charon, leaning on his oar,

Waits for my coin. Go thou before, and leave me to my crucifix,

›

썩 꺼져, 싱그러운 수수께끼야! 흉물스러운 짐승아, 어서 가버려!

너는 내 안의 야만성을 깨우고, 나를 내가 되고 싶지 않은 존재로 만들어.

너는 내 신앙을 얄팍한 가짜로 전락시키고, 관능적인 삶에 대한 추악한 꿈을 불러일으켜.

피투성이 칼을 들었던 아티스[56]가 나 따위보다는 낫겠구나.

거짓된 스핑크스야! 거짓된 스핑크스야! 갈대가 우거진 스틱스 강가에서,

늙은 카론이 노에 기댄 채 내 동전을 기다리네. 너는 먼저 가. 나는 십자가상과 함께 여기 있을 테니.

55 열왕기하 5장에서 시리아의 장군 나아만은 나병을 고치려면 요르단 강에 가서 몸을 씻으라는 신탁을 듣지만, 다마스쿠스의 아바나 강과 발바르 강의 물이 그보다 더 좋다고 생각한다.

56 그리스 신화에 나오는 프리기아의 아름다운 목동. 키벨레 여신의 사랑을 받고 평생 정절을 지키겠다고 약속했으나, 그 약속을 깨고 나서 스스로 거세하고 죽었다.

Whose pallid burden, sick with pain, watches the world with wearied eyes,

And weeps for every soul that dies, and weeps for every soul in vain.

십자가의 그분은 파리한 낯빛으로, 고통스러운 육신으로, 지친 눈으로 세상을 바라보며

죽어가는 모든 영혼을 위해 울고 있구나, 모든 영혼을 위해 헛되이 울고 있구나.

Canzonet

I have no store
Of gryphon-guarded gold;
Now, as before,
Bare is the shepherd's fold.
Rubies nor pearls
Have I to gem thy throat;
Yet woodland girls
Have loved the shepherd's note.

Then pluck a reed
And bid me sing to thee,
For I would feed
Thine ears with melody,
Who art more fair
Than fairest fleur-de-lys,
More sweet and rare
Than sweetest ambergris.

칸초네타

나에게는 없어요
그리핀이 지키는 황금 따위는.
이제, 예전처럼
양치기의 우리는 텅 비었죠.
그대 목을 장식할
루비도 진주도 나는 없어요
그래도 숲속의
소녀들은 양치기의 노래를 사랑했지요.

풀피리를 꺾어
내게 분부하세요, 노래해달라고
그러면 나는
그대 귀에 멜로디를 선사할 테니.
가장 어여쁜
백합꽃보다도 어여쁜 그대,
가장 달콤한
용연향보다 달고 진귀한 그대.

›

What dost thou fear?
Young Hyacinth is slain,
Pan is not here,
And will not come again.
No hornèd Faun
Treads down the yellow leas,
No God at dawn
Steals through the olive trees.

Hylas is dead,
Nor will he e'er divine
Those little red
Rose-petalled lips of thine.
On the high hill
No ivory dryads play,

›

무엇이 두려운가요?
젊은 히아킨토스[57]는 살해되었고
판[58]은 사라졌고
다시 오지 않을 텐데요.
뿔 달린 파우누스도
노란 초원을 거닐지 않으며
새벽 올리브나무 사이로
살며시 지나가는 신도 없답니다.

힐라스[59]는 죽었으니
이제 영영 알 일이 없겠지요
그대의 조그맣고 붉은
장미 꽃잎 같은 입술을.
높은 언덕에서
상앗빛 나무 요정들 뛰놀지 않고

57 그리스 신화에서 아폴론의 총애를 받은 미소년. 서풍의 신 제피로스의 질투를 사서 살해당했다.

58 그리스 신화의 목신.

59 그리스 신화에서 헤라클레스의 총애를 받은 미소년. 그에게 반한 님프들에 의해 연못에 끌려들어가 죽었다.

Silver and still

Sinks the sad autumn day.

잠잠한 은빛으로

슬픈 가을날은 저물어가는데.

The Harlot's House

We caught the tread of dancing feet,
We loitered down the moonlit street,
And stopped beneath the harlot's house.

Inside, above the din and fray,
We heard the loud musicians play
The 'Treues Liebes Herz' of Strauss.

Like strange mechanical grotesques,
Making fantastic arabesques,
The shadows raced across the blind.

We watched the ghostly dancers spin
To sound of horn and violin,
Like black leaves wheeling in the wind.

매춘부의 집

우리는 춤추는 발소리에 이끌려
달빛이 비치는 거리를 걸어 내려가
매춘부의 집 앞에 멈춰 섰다.

그 안은 시끄럽고 법석거렸고
요란한 연주 소리가 들려왔다
슈트라우스의 '진정한 사랑의 마음'[60]이었다.

블라인드 위를 휙 스쳐 지나며
환상적인 아라베스크를 펼쳐 보이는
이상한 기계 괴물 같은 그림자들을,

바람에 휘도는 검은 잎사귀처럼
호른과 바이올린에 맞춰 회전하며
춤추는 유령들을, 우리는 지켜보았다.

60 실제로는 존재하지 않는 곡이다.

›

Like wire-pulled automatons,
Slim silhouetted skeletons
Went sidling through the slow quadrille,

Then took each other by the hand,
And danced a stately saraband;
Their laughter echoed thin and shrill.

Sometimes a clock-work puppet pressed
A phantom lover to her breast,
Sometimes they seemed to try to sing,

Sometimes a horrible Marionette
Came out, and smoked its cigarette
Upon the steps like a live thing.

Then, turning to my love I said,
'The dead are dancing with the dead,

줄로 조종되는 꼭두각시처럼 움직이는
앙상한 해골들의 윤곽이 카드리유[61]의
느린 박자에 맞추어 미끄러져 가더니

그러다 서로의 손을 맞잡고
우아하고 장중한 사라반드[62]를 추었고
가늘고 새된 웃음소리가 메아리쳤다.

시계태엽 인형은 유령 연인을
자기 가슴에 꼭 끌어안고
이따금씩 노래 부르려는 듯했고

이따금씩 무시무시한 마리오네트 하나가
계단 위에 나와 앉아서는
담배를 피웠다, 마치 살아 있는 듯.

그때 나는 연인을 돌아보고 말했다
"망자들은 망자들과 함께 춤을 추고

61 네 사람이 한 조가 되어 사방에서 서로 마주 보며 추는 프랑스 춤.
62 사라센에서 전해져 에스파냐 및 유럽 각지의 궁정에서 유행한 춤.

The dust is whirling with the dust.'

But she, she heard the violin,

And left my side, and entered in;

Love passed into the house of Lust.

Then suddenly the tune went false,

The dancers wearied of the waltz,

The shadows ceased to wheel and whirl,

And down the long and silent street,

The dawn, with silver-sandalled feet,

Crept like a frightened girl.

먼지는 먼지와 함께 소용돌이치는군요."

그러나 그녀, 바이올린 소리 듣고
내 곁을 떠나 저 안으로,
사랑이 욕정의 집으로 들어갔다.

그러자 별안간 음악이 어그러지고
왈츠를 추던 이들은 싫증을 내고
그림자들도 회전과 윤무를 멈추었다.

그리고 길고 조용한 거리 저편
은빛 샌들을 신고 기어오르는
겁먹은 소녀 같은 새벽.

The Ballad of Reading Gaol

In Memoriam C.T.W. Sometime Trooper of the Royal Horse Guards. Obiit H.M. Prison, Reading, Berkshire, July 7th, 1896.

I

He did not wear his scarlet coat,
    For blood and wine are red,
And blood and wine were on his hands
    When they found him with the dead,
The poor dead woman whom he loved,
    And murdered in her bed.

He walked amongst the Trial Men
    In a suit of shabby gray;
A cricket cap was on his head,

레딩 감옥의 노래

1896년 7월 7일, 버크셔주 레딩 H.M. 교도소에서 사망한

전前 기마근위대 기병 C.T.W.[63]를 기리며

I

그는 자신의 진홍색 코트[64]를 입지 않았네

피와 포도주가 붉었기에.

그가 망자 곁에서 발견되었을 때 손에

피와 포도주가 묻어 있었고

그가 사랑한 가엾은 여자는 살해당한 채

자기 침대에서 죽어 있었다네.

그는 수감자들과 함께 걸었네.

허름한 회색 옷차림에

머리에는 크리켓 모자[65]를 쓰고서

63 찰스 토머스 울드리지. 아내를 살해한 죄로 와일드와 같은 교도소에서 복역하다 사형되었고, 와일드는 이후 6개월에 걸쳐 이 시를 썼다.

64 실제의 기마근위대 제복은 남색 바탕에 붉은 장식이 되어 있었다.

And his step seemed light and gay;
But I never saw a man who looked
So wistfully at the day.

I never saw a man who looked
With such a wistful eye
Upon that little tent of blue
Which prisoners call the sky,
And at every drifting cloud that went
With sails of silver by.

I walked, with other souls in pain,
Within another ring,
And was wondering if the man had done
A great or little thing,
When a voice behind me whispered low,
'That fellow's got to swing.'

발걸음은 가볍고 경쾌한데
하늘을 그토록 애틋하게 바라보는 사람은
내 생전 처음 보았네.

그런 사람은 내 생전 처음 보았네
죄수들이 하늘이라고 부르는
작고 파란 천막과, 거기에 흘러가는
은빛 돛의 구름들을
한 조각 한 조각 그토록 애틋한 눈길로
바라보는 그런 사람은.

고통에 빠진 이들과 함께 원을 그리며
그와 다른 줄에서 걷던[66]
나는 궁금해졌네, 그 남자가 저지른 죄가
큰 것일까 작은 것일까
그때 내 뒷사람이 나지막이 속삭이는 말,
"저 친구, 교수형당할 거라오."

65 둥글납작한 모자로, 수감자들이 죄수복과 함께 의무적으로 착용하게 되어 있었다.

66 당시 수감자들은 운동이라는 명목으로 정해진 시간 동안 교도소 마당에서 원을 그리며 걸어야 했다.

Dear Christ! the very prison walls
Suddenly seemed to reel,
And the sky above my head became
Like a casque of scorching steel;
And, though I was a soul in pain,
My pain I could not feel.

I only knew what hunted thought
Quickened his steps, and why
He looked upon the garish day
With such a wistful eye;
The man had killed the thing he loved,
And so he had to die.

*

Yet each man kills the thing he loves,
By each let this be heard,
Some do it with a bitter look,
Some with a flattering word,

사랑하는 주여! 별안간 교도소 담장이
　　빙빙 도는 것 같았고
내 머리 위 하늘은 델 듯이 뜨거운
　　강철 투구 같았고
나 역시 고통에 빠진 사람인데도
　　내 고통은 느껴지지 않았네.

다만 그가 어떤 생각에 쫓겨 발걸음이
　　빨라졌는지, 그리고 어째서
눈부신 하늘을 향해 그토록 애틋한 눈빛을
　　보냈는지, 나는 알았네.
그 남자는 자신이 사랑하는 것을 죽였고
　　그래서 죽어야 하는 것이라네.

*

모든 사람은 자신이 사랑하는 것을 죽이지
　　이 노래를 듣는 사람 모두가.
어떤 이는 냉혹한 눈길을 던져 죽이고
　　어떤 이는 아첨으로 죽이고

The coward does it with a kiss,

    The brave man with a sword!

Some kill their love when they are young,

    And some when they are old;

Some strangle with the hands of Lust,

    Some with the hands of Gold:

The kindest use a knife, because

    The dead so soon grow cold.

Some love too little, some too long,

    Some sell, and others buy;

Some do the deed with many tears,

    And some without a sigh:

For each man kills the thing he loves,

    Yet each man does not die.

*

He does not die a death of shame

비겁한 자는 키스를 해서 죽이고[67]
    용감한 자는 검으로 죽인다네!

어떤 이는 젊은 시절에 사랑을 죽이고
    어떤 이는 늙어서 죽이지
어떤 이는 욕망의 손으로 목 졸라 죽이고
    어떤 이는 황금의 손으로 죽이네
가장 친절한 자는 칼로 죽이지, 그래야
    죽은 자가 빨리 차가워지니까

사랑을 너무 짧게, 또는 오래 하거나
    사고 팔기도 하고
사랑을 죽이며 눈물을 쏟기도 하지만
    한숨조차 안 짓기도 하는 건
자신이 사랑하는 것을 죽인 사람 모두가
    죽는 것은 아니기 때문이라네.

*

그 모든 사람이 암울한 치욕의 날에

67 성서의 유다를 뜻함.

On a day of dark disgrace,
Nor have a noose about his neck,
Nor a cloth upon his face,
Nor drop feet foremost through the floor
Into an empty space.

He does not sit with silent men
Who watch him night and day;
Who watch him when he tries to weep,
And when he tries to pray;
Who watch him lest himself should rob
The prison of its prey.

He does not wake at dawn to see
Dread figures throng his room,
The shivering Chaplain robed in white,
The Sheriff stern with gloom,
And the Governor all in shiny black,
With the yellow face of Doom.

수치스럽게 죽는 것은 아니지
그 모두가 목에 밧줄을 걸지도 않고
얼굴에 헝겊을 덮지도,
바닥 밑의 허공으로 발부터 먼저
떨어져 내리지도 않는다네.

그 모든 사람이 말 없는 자들에게 밤낮으로
감시당하는 것은 아니지[68]
울고 싶거나 기도하려 할 때조차도
우리가 감옥의 먹잇감을
훔쳐내지 않는지 지켜보는 교도관들이, 그 모든 사람을
감시하는 것은 아니라네.

그 모든 사람이 새벽녘 방에 몰려든 무시무시한
무리 앞에서 눈뜨는 것은 아니지
흰 예복 차림으로 몸서리치는 사제와,
음침하고 엄숙한 주州 장관과,
온통 반짝이는 새까만 옷을 차려입은 교도소장의
누르스름한 파멸의 얼굴 앞에서.

68 사형수들은 자살을 방지해야 한다는 명목으로 끊임없이 감시를 받았다.

He does not rise in piteous haste
    To put on convict-clothes,
While some coarse-mouthed Doctor gloats, and notes
    Each new and nerve-twitched pose,
Fingering a watch whose little ticks
    Are like horrible hammer-blows.

He does not know that sickening thirst
    That sands one's throat, before
The hangman with his gardener's gloves
    Slips through the padded door,
And binds one with three leathern thongs,
    That the throat may thirst no more.

He does not bend his head to hear
    The Burial Office read,
Nor, while the terror of his soul
    Tells him he is not dead,
Cross his own coffin, as he moves
    Into the hideous shed.

그 모든 사람이 허둥지둥 일어나 죄수복을
　　껴입는 것은 아니지
초조하게 떨리는 몸짓을 즐거운 듯 지켜보며
　　기록하는, 입이 험한 의사와
그가 만지작거리는 시계에서 망치질하듯 울려 퍼지는
　　끔찍한 초침 소리 앞에서.

그 모든 사람이 목구멍을 틀어막는 역겨운 갈증을
　　느끼는 것은 아니지
솜을 댄 문 안으로 사형집행인이 슬며시 들어와
　　원예용 장갑을 낀 손으로
몸에 가죽끈 세 개를 묶어주고 나면
　　갈증도 이내 가라앉고 말지만.

그 모든 사람이 장례 기도 소리를 들으려
　　머리를 기울이는 것은 아니지
자신이 아직 죽지 않았노라고 말해주는
　　영혼의 공포에 귀 기울이며
자기 관에 성호를 긋고, 그 소름 끼치는 집행장으로
　　들어가는 이들은 따로 있으니까.

›

He does not stare upon the air
    Through a little roof of glass:
He does not pray with lips of clay
    For his agony to pass;
Nor feel upon his shuddering cheek
    The kiss of Caiaphas.

II

Six weeks our guardsman walked the yard,
    In the suit of shabby gray:
His cricket cap was on his head,
    And his step seemed light and gay,
But I never saw a man who looked
    So wistfully at the day.

I never saw a man who looked

그 모든 사람이 조그마한 유리 천장 너머

하늘을 올려다보는 것도,

그 모든 사람이 점토 입술을 달싹이며 고통을

거두어달라 기도하는 것도,

떨리는 뺨 위에 닿는 가야바[69]의 키스를

느끼는 것도 아니라네.

II

여섯 주 동안 근위병은 마당을 걸었네

허름한 회색 옷차림에

머리에는 크리켓 모자를 쓰고서.

발걸음은 가볍고 경쾌한데

하늘을 그토록 애틋하게 바라보는 사람은

내 생전 처음 보았네.

그런 사람은 내 생전 처음 보았네

69 성서에서 그리스도의 사형을 판결한 대제사장. 그리스도를 고발한 유다에게 사례로 돈을 주었다.

With such a wistful eye
Upon that little tent of blue
Which prisoners call the sky,
And at every wandering cloud that trailed
Its ravelled fleeces by.

He did not wring his hands, as do
Those witless men who dare
To try to rear the changeling Hope
In the cave of black Despair:
He only looked upon the sun,
And drank the morning air.

He did not wring his hands nor weep,
Nor did he peek or pine,
But he drank the air as though it held
Some healthful anodyne;
With open mouth he drank the sun
As though it had been wine!

And I and all the souls in pain,

죄수들이 하늘이라고 부르는
작고 파란 천박과, 거기에 떠도는
구름들을, 엉켜 있는
양털 뭉치 하나하나를 그토록 애틋한 눈길로
바라보는 그런 사람은.

그는 두 손을 쥐어짜지 않았네
검은 절망의 동굴에서
요정이 바꿔치기한 희망이라는 아이를 키우는
어리석은 이들과 달리,
그는 다만 태양을 올려다보고,
아침 공기를 마셨지.

그는 손을 쥐어짜지도, 울지도 않았네
비슬거리거나 의기소침해하지도 않고
유익한 진통제가 공기 중에 떠다니는 듯,
다만 숨을 들이켰네
입을 벌리고 태양을 들이마셨네, 마치
그 안에 와인이 담긴 양!

그와 다른 줄에서 걷던, 고통에 빠진

Who tramped the other ring,
Forgot if we ourselves had done
A great or little thing,
And watched with gaze of dull amaze
The man who had to swing.

And strange it was to see him pass
With a step so light and gay,
And strange it was to see him look
So wistfully at the day,
And strange it was to think that he
Had such a debt to pay.

*

For oak and elm have pleasant leaves
That in the spring-time shoot:
But grim to see is the gallows-tree,
With its adder-bitten root,
And, green or dry, a man must die
Before it bears its fruit!

나를 비롯한 모두는
큰일을 저질렀든 작은 일을 저질렀든
자기 사정은 다 잊고서
멍하니 아연히 지켜보고 있었다네
교수형당할 거라는 남자를.

그토록 가볍고 경쾌한 걸음걸이로 지나가는
모습을 보노라니 이상했네
그토록 애틋한 눈길로 하늘을 바라보는
모습을 보노라니 이상했네
그토록 많은 빚을 갚아야 하는 사람이라고
생각하니 또다시 이상했네.

*

봄날에 싹트는 오크나무와 느릅나무의
잎사귀는 보기 좋지만
살무사들이 뿌리를 물어뜯은 교수목絞首木은
보기만 해도 음산하고
싱싱하건 말라붙었건, 나무가 열매를 맺기 전에
사람은 죽어야 하는구나![70]

The loftiest place is that seat of grace
For which all worldlings try:
But who would stand in hempen band
Upon a scaffold high,
And through a murderer's collar take
His last look at the sky?

It is sweet to dance to violins
When Love and Life are fair:
To dance to flutes, to dance to lutes
Is delicate and rare:
But it is not sweet with nimble feet
To dance upon the air!

So with curious eyes and sick surmise
We watched him day by day,

›

세상 모든 사람이 저 하늘의 은혜로운 권좌 앞에
　　나아가 재판을 받지만,
높다란 교수대에 매달린 삼끈 밧줄 앞에
　　설 사람은 따로 있구나
살인자의 목걸이 너머로 마지막 하늘을
　　보게 될 사람은 따로 있구나

사랑과 삶이 평탄할 때, 바이올린에 맞춰
　　추는 춤은 달콤하고
플루트나 류트 소리에 맞춰 추는 춤은
　　섬세하고 진기한 경험이지만,
재빠른 발사위로 허공에서 추는 춤은
　　조금도 달콤하지 않겠구나!

그리하여, 호기심과 섬뜩한 추측을 품고
　　나날이 그를 지켜보면서

70 현대적인 교수대가 도입되기 전에는 사형수를 나무에 목매달아 처형했다. 오크나무와 느릅나무는 교수목으로 곧잘 선택되는 수종이었고, 형을 집행하기 전에는 잎사귀를 잘라냈다. 당대에는 나무뿌리가 살무사에게 물리면 한 철 동안 잎과 열매가 나지 않는다는 통념이 있었다.

And wondered if each one of us
　　Would end the self-same way,
For none can tell to what red Hell
　　His sightless soul may stray.

*

At last the dead man walked no more
　　Amongst the Trial Men,
And I knew that he was standing up
　　In the black dock's dreadful pen,
And that never would I see his face
　　In God's sweet world again.

Like two doomed ships that pass in storm
　　We had crossed each other's way:
But we made no sign, we said no word,
　　We had no word to say;
For we did not meet in the holy night,
　　But in the shameful day.

우리는 그와 똑같은 결말이 우리에게도
　　닥쳐오지 않을까 생각했네.
앞 못 보는 우리 영혼이 어느 시뻘건 지옥에
　　떨어질지 모르는 일이니

*

그러다 마침내, 걷는 수감자들 사이에
　　그 남자가 나타나지 않자
나는 알았지, 그가 검은 피고석의 끔찍한
　　칸막이 안에 서 있으며
신의 달콤한 세상에서는 두 번 다시 그를
　　볼 수 없을 것임을.

폭풍우를 헤치며 파멸로 치닫는 배 두 척처럼
　　우리는 서로의 길을 건넜지만,
아무런 신호도, 말도 주고받지 않았다네
　　할 말이라고는 없었으므로
우리가 마주친 때는 거룩한 밤이 아니라
　　수치스러운 낮이었으므로[71]

A prison wall was round us both,
Two outcast men we were:
The world had thrust us from its heart,
And God from out His care:
And the iron gin that waits for Sin
Had caught us in its snare.

III

In Debtors' Yard the stones are hard,
And the dripping wall is high,
So it was there he took the air
Beneath the leaden sky,
And by each side a Warder walked,
For fear the man might die.

Or else he sat with those who watched
His anguish night and day;

교도소의 담장에 둘러싸인 그와 나는
　　두 명의 추방자였지.
세상은 그 중심으로부터 우리를 밀어냈고
　　신은 우리를 외면했고
죄를 기다리는 철의 덫은 우리를
　　붙잡아 물고야 말았다네.

III

채무자들의 마당에 돌은 단단하고
　　축축한 담장은 드높아라
이곳이 바로 그가 납빛 하늘 아래서
　　산책을 하던 곳이라네.
그의 양옆에는 교도관 둘이 함께 걸으며
　　그가 죽지 못하게 지켰더랬지.

그가 앉아서 쉴 때도, 밤낮으로 그의 고뇌를
　　지켜보는 사람들 있어

71 롱펠로의 시 〈신학자의 이야기〉(1874)에서 "한밤중에 지나는 배들, 지나는 길에 서로 이야기를 나누고"라는 구절을 비튼 것.

Who watched him when he rose to weep,
And when he crouched to pray;
Who watched him lest himself should rob
Their scaffold of its prey.

The Governor was strong upon
The Regulations Act:
The Doctor said that Death was but
A scientific fact:
And twice a day the Chaplain called,
And left a little tract.

And twice a day he smoked his pipe,
And drank his quart of beer:
His soul was resolute, and held
No hiding-place for fear;
He often said that he was glad
The hangman's hands were near.

But why he said so strange a thing
No Warder dared to ask:

울려고 일어날 때도, 기도하려 웅크릴 때도
그는 끊임없이 감시받았네
그가 교수대의 먹잇감을 훔쳐낼까 봐
그들은 끊임없이 감시했네.

교도소장은 규제 법령을 지키는 데에
강경한 입장을 취하고
의사는 죽음이란 그저 과학적 사실에
지나지 않는다 말하고
사제는 하루에 두 번씩 찾아와
조그만 책자를 주었지.

그는 하루에 두 번씩 담배를 피우고
맥주 한 잔을 마셨네.
그의 영혼은 결연했고, 두려움이 은신할
구석 따위는 없어서
오히려 사형집행인의 손이 가까워져
기쁘다고 종종 말했다네.

하지만 그가 왜 그런 이상한 말을 하는지
교도관들은 묻지 못했네

For he to whom a watcher's doom
    Is given as his task,
Must set a lock upon his lips,
    And make his face a mask.

Or else he might be moved, and try
    To comfort or console:
And what should Human Pity do
    Pent up in Murderers' Hole?
What word of grace in such a place
    Could help a brother's soul?

*

With slouch and swing around the ring
    We trod the Fools' Parade!
We did not care: we knew we were
    The Devil's Own Brigade:
And shaven head and feet of lead
    Make a merry masquerade.

그들은 감시자의 의무를 다해야 할
　　불행한 운명을 짊어졌으므로
입에 자물쇠를 채우고, 얼굴에는 가면을
　　쓰지 않을 수 없었겠지.

어쩌면 동정심에 못 이긴 교도관이 그를
　　달래거나 위로했을지도 모르지만
살인자들의 누추한 구덩이에 쌓인 연민으로
　　대체 무엇을 한단 말인가?
그런 곳에서 대체 어떤 자비의 말로
　　형제의 영혼을 도울 수 있겠는가?

*

구부정히 몸을 흔들며 우리는 걸었네
　　바보들의 행진을 벌였네!
무슨 상관인가, 우리가 악마를 뒤따르는 것을
　　우리도 잘 아는데.
삭발한 머리에, 납처럼 무거운 발로
　　가장무도회를 즐겼지.

We tore the tarry rope to shreds
    With blunt and bleeding nails;
We rubbed the doors, and scrubbed the floors,
    And cleaned the shining rails:
And, rank by rank, we soaped the plank,
    And clattered with the pails.

We sewed the sacks, we broke the stones,
    We turned the dusty drill:
We banged the tins, and bawled the hymns,
    And sweated on the mill:
But in the heart of every man
    Terror was lying still.

So still it lay that every day

우리는 타르 묻은 밧줄을 올올이 풀었지[72]

　　뭉툭해진 손톱에서 피가 나도록.

우리는 문을 문지르고 바닥을 걸레질하고

　　반짝이는 난간을 닦았지

우리는 덜커덕거리는 들통을 들고 다니며

　　마룻널을 한 줄씩 비누칠했지

우리는 자루를 꿰매고, 돌을 부수고[73]

　　크랭크를 돌려 모래를 휘젓고[74]

양철을 두드리고, 찬송가를 쩌렁쩌렁 부르고

　　방아를 돌리며 땀을 흘렸네.

그러면서도 모든 이의 마음속에 깃든

　　공포는 여전히 그대로였네.

여전히 공포 속에서 하루는 수초가 엉긴

72 낡은 밧줄을 풀어서 뱃밥을 만드는 일은 예로부터 죄수들에게 주어지던 대표적인 노역이었다.

73 우편 자루를 꿰매고 돌을 부수는 일은 그나마 죄수들이 견딜 만한 일이었다.

74 죄수들은 감방에서 벽에 달린 크랭크를 돌려야 했는데, 크랭크가 회전하면서 하는 기능이라고는 모래를 퍼올렸다가 다시 쏟는 것뿐이었다. 아무런 목적이나 효용 없이, 단지 육체적 고통만 수반되는 노동이었다.

Crawled like a weed-clogged waved:
And we forgot the bitter lot
That waits for fool and knave,
Till once, as we tramped in from work,
We passed an open grave.

With yawning mouth the yellow hole
Gaped for a living thing;
The very mud cried out for blood
To the thirsty asphalte ring:
And we knew that ere one dawn grew fair
Some prisoner had to swing.

Right in we went, with soul intent
On Death and Dread and Doom:
The hangman, with his little bag,
Went shuffling through the gloom:
And each man trembled as he crept
Into his numbered tomb.

물결처럼 느릿느릿 기어갔고,
바보들과 악한들을 기다리는 잔혹한 운명을
우리는 잠시 잊었다가도
일을 마치고 돌아가는 길에는 다시금 깨달았지
미리 파둔 묘혈을 보고서.

입을 쩍 벌린, 누런 구덩이가 기다리고 있었네
산 것이 들어오기를
땅이 메마른 아스팔트 마당을 향해 울부짖었네
피를 내어달라고[75]
그래서 우리는 알았지, 새벽이 밝기 전에
목매달릴 죄수가 있음을.

죽음과 공포와 파멸에 온 정신이 쏠린 채
안으로 들어간 우리는
작은 가방 들고 어둠 속을 슬렁슬렁 걷는
사형집행인을 보고,
덜덜 떨면서 기어 들어갔네, 번호가 새겨진
각자의 무덤 속으로.

75 창세기 4:10, 아우인 아벨을 죽인 카인에게 야훼가 "네 아우의 피가 땅에서 나에게 울부짖고 있다"라고 꾸짖는다.

*

That night the empty corridors
    Were full of forms of Fear,
And up and down the iron town
    Stole feet we could not hear,
And through the bars that hide the stars
    White faces seemed to peer.

He lay as one who lies and dreams
    In a pleasant meadow-land,
The watchers watched him as he slept,
    And could not understand
How one could sleep so sweet a sleep
    With a hangman close at hand.

But there is no sleep when men must weep
    Who never yet have wept:
So we—the fool, the fraud, the knave—
    That endless vigil kept,
And through each brain on hands of pain

*

그날 밤, 텅 빈 복도마다 온갖 형태의
　　공포가 그득히 들어찼고
우리가 들을 수 없는 가만가만한 발소리가
　　이 철의 도시를 오락가락했고
별들을 가리는 철창 사이로 흰 얼굴들이
　　우리를 엿보는 듯했는데

그는 쾌적한 목초지에 누워 꿈을 꾸는
　　사람처럼 잠을 잤다네.
잠든 그의 모습을 지켜보던 감시자는
　　이해할 수가 없었지
사형집행인이 코앞에 닥쳐왔는데 어떻게
　　저토록 달게 잠을 자는지

하지만 아직 울어본 적 없는 이들은 울어야 할 때
　　잠을 이루지 못하는 법,
그리하여 우리—바보, 사기꾼, 악한 들은
　　끝없는 밤을 지새웠고
고통의 손아귀에 놓인 우리의 머릿속에

Another's terror crept.

*

Alas! it is a fearful thing
To feel another's guilt!
For, right within, the sword of Sin
Pierced to its poisoned hilt,
And as molten lead were the tears we shed
For the blood we had not spilt.

The Warders with their shoes of felt
Crept by each padlocked door,
And peeped and saw, with eyes of awe,
Gray figures on the floor,
And wondered why men knelt to pray
Who never prayed before.

All through the night we knelt and prayed,
Mad mourners of a corse!
The troubled plumes of midnight were

서로의 공포가 흘러들었네.

*

아아! 다른 이의 죄책감을 느낀다는 것은
무시무시한 일이로구나!
바로 그 안에서, 칼자루에 독이 발린
죄의 칼날에 깊이 찔렸으니,
그리고 우리가 흘리지 않은 피 대신
녹아내린 납이 눈에서 흘렀으니.

펠트 신발을 신은 교도관들은 슬그머니
잠긴 문들을 지나며,
경외의 눈으로 문 안을 훔쳐보았네
바닥에 엎드린 회색 형체들을.
그들은 궁금했겠지, 평생 기도해본 적 없을
이들이 왜 기도하고 있는지

밤새도록 우리는 무릎 꿇고 기도했네.
시체를 애도하는 미친 문상객들!
어지럽혀진 한밤의 검은 깃털들은

The plumes upon a hearse:
And bitter wine upon a sponge
Was the savour of Remorse.

*

The gray cock crew, the red cock crew,
But never came the day:
And crooked shapes of Terror crouched,
In the corners where we lay:
And each evil sprite that walks by night
Before us seemed to play.

They glided past, they glided fast,
Like travellers through a mist:
They mocked the moon in a rigadoon

영구차에 장식된 깃털 되었고
스펀지에 적신 쓰디쓴 와인에서는[76]
회한의 맛이 물씬 배어났네.

*

잿빛 수탉이 울부짖고, 붉은 수탉이 울었지만[77]
날은 좀처럼 밝지 않았고
우리가 누운 방의 모퉁이마다 뒤틀린 형상의
공포가 웅크리고 있었고
한밤을 거니는 악령들은 우리 눈앞에서
즐겁게 노니는 듯했지.

유령들은 미끄러지듯 지나갔네, 날쌔게 지나갔네
안개를 헤치는 여행자처럼.
섬세하게 몸을 돌리고 비틀어 리고동[78]을 추면서

76 그리스도가 십자가에서 숨지기 직전, 병사가 식초를 적신 스펀지를 내주었다.

77 전통적인 중세 발라드 형식에서, 수탉이 우는 장면은 곧 망자가 돌아온다는 신호로 쓰였다. 성서에서 베드로가 그리스도를 알지 못한다고 부인한 일화와도 연관된다.

78 4분의 2박자 또는 4분의 4박자의, 두 명이 추는 경쾌한 춤.

Of delicate turn and twist,
And with formal pace and loathsome grace
The phantoms kept their tryst.

With mop and mow, we saw them go,
Slim shadows hand in hand:
About, about, in ghostly rout
They trod a saraband:
And the damned grotesques made arabesques,
Like the wind upon the sand!

With the pirouettes of marionettes,
They tripped on pointed tread:
But with flutes of Fear they filled the ear,
As their grisly masque they led,
And loud they sang, and long they sang,
For they sang to wake the dead.

'Oho!' they cried, 'The world is wide,
But fettered limbs go lame!

달을 조롱하는가 하면
정중한 걸음걸이로 징그럽게 우아한 자태를 뽐내며
밀회를 가지기도 했네.

우리는 낯을 찡그리고 지켜보았지, 여기저기서
흥청거리는 으스스한 야회夜會를.
호리호리한 그림자들이 손을 맞잡고서
사라반드를 추는 광경이며,
그 저주받은 괴물들이 모래를 스치는 바람처럼
아라베스크를 펼치는 광경까지!

피루엣[79]을 돌던 마리오네트들은 뾰족한 신발에
중심을 잃고 넘어지기도 했지만,
그들은 두려움의 플루트 소리로 귀를 채우며
소름 끼치는 가장무도회를 이어갔지
그리고 큰 소리로, 큰 소리로 노래를 불렀네.
죽은 자들을 깨울 노래를

"오호!" 그들이 외쳤네. "세상은 넓은데
족쇄 찬 이들은 절뚝거리는구나!

79 한 발을 축으로 팽이처럼 도는 발레 동작.

And once, or twice, to throw the dice

Is a gentlemanly game,

But he does not win who plays with Sin

In the secret House of Shame.'

*

No things of air these antics were,

That frolicked with such glee:

To men whose lives were held in gyves,

And whose feet might not go free,

Ah! wounds of Christ! they were living things,

Most terrible to see.

Around, around, they waltzed and wound;

Some wheeled in smirking pairs;

With the mincing step of a demirep

Some sidled up the stairs:

And with subtle sneer, and fawning leer,

Each helped us at our prayers.

한두 번쯤 주사위를 던지는 것이야
　　신사적인 놀이라 하겠지만
비밀스러운 수치의 집에서 죄를 가지고 논다면
　　결코 이길 수 없으리."

*

한껏 신이 나서 까불거리던 그 광대들은
　　공기 중의 허깨비가 아니었네.
목숨이 족쇄에 붙들려 있고 두 발을 자유롭게
　　움직이지 못하는 이들에게는,
아! 그리스도의 상처여! 보기만 해도 끔찍한
　　그들은, 살아 있는 존재라네!

빙글, 빙글, 그들은 왈츠를 추며 원을 그렸고,
　　짝지어 히죽히죽 웃으며
고상한 척하는 매춘부처럼 사뿐거리기도 했고,
　　계단을 슬금슬금 올라와
미묘한 조소를, 간사스러운 미소를 지으며
　　우리 기도를 돕기도 했지.

*

The morning wind began to moan,
    But still the night went on:
Through its giant loom the web of gloom
    Crept till each thread was spun:
And, as we prayed, we grew afraid
    Of the Justice of the Sun.

The moaning wind went wandering round
    The weeping prison-wall:
Till like a wheel of turning steel
    We felt the minutes crawl:
O moaning wind! what had we done
    To have such a seneschal?

At last I saw the shadowed bars,
    Like a lattice wrought in lead,
Move right across the whitewashed wall
    That faced my three-plank bed,
And I knew that somewhere in the world

*

아침 바람이 신음을 흘리기 시작하는데도
　　밤은 여전히 계속되었네.
그 거대한 베틀이 돌아가며 어둠의 거미줄로
　　올올이 그물을 짜냈고
기도하던 우리는 태양의 심판에 대한
　　두려움이 점점 커져갔고

눈물 흘리는 교도소 담장 주위로
　　바람은 신음하며 배회했고
시간은 강철 바퀴처럼 느릿느릿
　　굴러가는 듯 느껴졌네.
오 신음하는 바람이여! 우리가 어쩌다가
　　이런 청지기를 두게 되었나?

그러다 마침내 나는 보았네, 창살들의 그림자가
　　널빤지 세 장짜리 침대 맞은편
흰 벽 위로, 납 세공 격자처럼 움직이는 것을.
　　그리고 나는 알았지
신의 지독한 여명이 이 세상 어딘가에서

God's dreadful dawn was red.

*

At six o'clock we cleaned our cells,
At seven all was still,
But the sough and swing of a mighty wing
The prison seemed to fill,
For the Lord of Death with icy breath
Had entered in to kill.

He did not pass in purple pomp,
Nor ride a moon-white steed.
Three yards of cord and a sliding board
Are all the gallows' need:
So with rope of shame the Herald came
To do the secret deed.

*

We were as men who through a fen

붉게 터오고 있음을.

*

여섯 시 정각에 우리는 감방을 청소했네.
일곱 시에는 사방이 고요해졌지만,
어느 강력한 날갯짓이 일으키는 바람과 진동이
교도소를 채우는 듯했네
바야흐로 죽음의 천사가 싸늘한 숨결을 내쉬며
그곳에 들어섰기 때문에.

그는 화려한 의장을 갖추지도, 월백색의 말을
타고 지나가지도 않았네.
단지 3야드짜리 밧줄과 미끄러지는 나무판 하나만이
교수대에 필요한 전부이니.
그리하여 수치의 밧줄을 지닌 전령관이
은밀한 임무를 수행하러 왔다네.

*

우리는 역겨운 어둠의 늪 속을 더듬거리며

Of filthy darkness grope:
We did not dare to breathe a prayer,
Or to give our anguish scope:
Something was dead in each of us,
And what was dead was Hope.

For Man's grim Justice goes its way,
And will not swerve aside:
It slays the weak, it slays the strong,
It has a deadly stride:
With iron heel it slays the strong,
The monstrous parricide!

*

We waited for the stroke of eight:
Each tongue was thick with thirst:
For the stroke of eight is the stroke of Fate
That makes a man accursed,
And Fate will use a running noose
For the best man and the worst.

헤쳐가는 자들이기에,
감히 기도 한 마디 읊조리지 않았고
괴로움을 표출하지도 않았네.
우리 모두의 가슴속에서 무언가가 죽었으니
그것은 곧 희망이었네.

인간의 지엄한 법은 결코 비껴가지 않고
제 갈 길만을 가는 법
약한 자도 해치우고, 강한 자도 해치우며
파괴적인 발걸음으로 전진한다네.
강력하고 극악무도한 존속살인범도, 법은
강철 군화로 죽여버리지!

*

우리는 모두 혀가 말라붙은 채 기다렸네
여덟 시 종이 치기를
한 사람의 파멸을 알리는 종이 울릴 시각을.
가장 선한 자, 가장 악한 자
그들을 위해 운명은 준비해두었네
단숨에 죄어지는 올가미를.

We had no other thing to do,
Save to wait for the sign to come:
So, like things of stone in a valley lone,
Quiet we sat and dumb:
But each man's heart beat thick and quick,
Like a madman on a drum!

*

With sudden shock the prison-clock
Smote on the shivering air,
And from all the gaol rose up a wail
Of impotent despair,
Like the sound that frightened marshes hear
From some leper in his lair.

And as one sees most fearful things
In the crystal of a dream,

우리는 신호가 떨어지기를[80] 기다릴 뿐
　　달리 할 일이 없었네
그래서 외로운 골짜기에 흩어진 돌덩이들처럼
　　묵묵히 앉아 있었지만
우리 모두의 심장은 미치광이가 쳐대는 북처럼
　　힘차고 빠르게 고동쳤네!

*

이윽고 교도소 시곗바늘이 전율하던 공기를
　　쾅 강타하는 순간,
감옥 전체에서 일제히 솟아오르던
　　무력한 절망의 울음소리
문둥이들의 굴에서 터져 나오는 괴성이
　　겁먹은 습지대에 울려 퍼지듯,

그리고 사람이 가장 두려워하는 것들이
　　꿈의 수정구 안에 떠오르듯이

80 레딩의 성로렌스 교회에서 치는 종소리. 처형식이 시작되기 15분 전부터 시작되어 한동안 지속되었다.

We saw the greasy hempen rope
Hooked to the blackened beam,
And heard the prayer the hangman's snare
Strangled into a scream.

And all the woe that moved him so
That he gave that bitter cry,
And the wild regrets, and the bloody sweats,
None knew so well as I:
For he who lives more lives than one
More deaths than one must die.

IV

There is no chapel on the day
On which they hang a man:
The Chaplain's heart is far too sick,
Or his face is far too wan,

우리는 시커먼 대들보에 걸린 끈적끈적한
　　삼끈 밧줄을 보았고,
기도하던 목소리가 올가미에 죄이면서
　　비명으로 변하는 것을 들었네.

그가 비통한 울음을 터뜨리기까지 북받쳤을
　　그 모든 비애의 감정을,
통렬한 후회와 피에 젖은 땀을[81]
　　나는 누구보다도 잘 알았지.
하나보다 더 많은 생을 사는 이는, 하나보다 더
　　많은 죽음을 당해야 하리니.

IV

교도소에서 사람을 목매단 날에는
　　예배가 열리지 않는다네.
사제가 너무 상심했거나, 그의 얼굴이 너무
　　파리해졌기 때문이겠지

81 누가복음 22:44, 그리스도가 처형되기 전 간절히 기도할 때 땀이 핏방울같이 변해 땅에 떨어진다.

Or there is that written in his eyes
    Which none should look upon.

So they kept us close till nigh on noon,
    And then they rang the bell,
And the Warders with their jingling keys
    Opened each listening cell,
And down the iron stair we tramped,
    Each from his separate Hell.

Out into God's sweet air we went,
    But not in wonted way,
For this man's face was white with fear,
    And that man's face was gray,
And I never saw sad men who looked
    So wistfully at the day.

I never saw sad men who looked
    With such a wistful eye
Upon that little tent of blue
    We prisoners called the sky,

아니면 아무도 보아서는 안 될 것이 그의
　　눈에 쓰여 있기 때문일지도.

그리하여 우리는 정오의 종이 울릴 때까지
　　갇힌 채 귀를 기울이다가
교도관들이 열쇠를 절그럭거리며 걸어와
　　감방 문을 하나하나 열어주자
그제야 모두가 각자의 지옥에서 빠져나와
　　철 계단을 터벅터벅 내려갔네.

밖에 나온 우리는 신의 달콤한 공기를 마셨지만
　　평소와 같지는 않았지.
누군가는 얼굴이 공포로 새하얗게 질렸고
　　누군가의 얼굴은 잿빛이었으며
하늘을 그토록 애틋하게 바라보는 슬픈 사람들은
　　내 생전 처음 보았네.

그런 슬픈 사람들은 내 생전 처음 보았네
　　죄수들이 하늘이라고 부르는
작고 파란 천막과, 거기에 유유히 흐르는
　　행복하고 자유로운 구름들

And at every careless cloud that passed
    In happy freedom by.

But there were those amongst us all
    Who walked with downcast head,
And knew that, had each got his due,
    They should have died instead:
He had but killed a thing that lived,
    Whilst they had killed the dead.

For he who sins a second time
    Wakes a dead soul to pain,
And draws it from its spotted shroud,
    And makes it bleed again,
And makes it bleed great gouts of blood,
    And makes it bleed in vain!

*

Like ape or clown, in monstrous garb

한 조각 한 조각을 그토록 애틋한 눈길로
　　바라보는 그런 사람들은.

그런데 고개를 숙이고 걷는 이들도 있었네
　　그들은 알고 있었지
저마다 응당한 벌을 받았더라면, 그들이야말로
　　대신 죽었어야 했음을.
근위병은 산 사람 한 명을 죽였을 뿐이지만
　　그들은 죽은 사람을 죽였으므로.

살인의 죄를 두 번 저지른 자는[82]
　　죽은 영혼을 불러 깨워
얼룩진 수의를 벗겨내고, 다시 칼로 찔러
　　피를 쏟게 한 셈이라네.
어마어마한 피를 쏟게 한 셈이라네
　　아무 의미도 없이!

*

비틀린 화살 무늬가 박힌 해괴한 옷을 입은

82 살인죄로 사형 선고를 받았다가 선고가 유예된 다음 재범을 저지른 경우.

With crooked arrows starred,
Silently we went round and round
The slippery asphalte yard;
Silently we went round and round,
And no man spoke a word.

Silently we went round and round,
And through each hollow mind
The Memory of dreadful things
Rushed like a dreadful wind,
And Horror stalked before each man,
And Terror crept behind.

*

The Warders strutted up and down,
And kept their herd of brutes,
Their uniforms were spick and span,
And they wore their Sunday suits,
But we knew the work they had been at,
By the quicklime on their boots.

원숭이나 광대 같은 꼴로
우리는 조용히 돌고 또 돌았네.
미끌미끌한 아스팔트 마당을
조용히 우리는 돌고 또 돌았네
아무도 아무 말도 않고서

조용히 우리는 돌고 또 돌았네
우리의 공허한 마음에는
끔찍한 것들의 기억이 끔찍한 바람처럼
불어닥쳐 밀려들어왔고
공포는 우리의 뒤를 바짝 쫓아왔고
불안이 슬금슬금 뒤따라왔지.

*

우리를 짐승 떼처럼 몰고 다니는 교도관들은
자못 점잔을 빼며 걸었고
저마다 말쑥하고 깔끔한 제복을 입었거나
번듯한 정장 차림이었지만,
그들이 무슨 일을 하다 왔는지는 뻔했지
신발에 생석회[83]가 묻어 있었으니.

›

For where a grave had opened wide,
    There was no grave at all:
Only a stretch of mud and sand
    By the hideous prison-wall,
And a little heap of burning lime,
    That the man should have his pall.

For he has a pall, this wretched man,
    Such as few men can claim:
Deep down below a prison-yard,
    Naked for greater shame,
He lies, with fetters on each foot,
    Wrapt in a sheet of flame!

And all the while the burning lime
    Eats flesh and bone away,
It eats the brittle bone by night,
    And the soft flesh by day,

묘혈이 활짝 열렸던 자리에
　　이제 구덩이라고는 없고,
흉측한 교도소 담장 옆에는 그저
　　진흙과 모래의 공터에
타는 석회 한 무더기만 쌓여 있으니,
　　그에게 천금天衾이 덮인 게 틀림없네.

그 비참한 남자에게는 실로 천금이 있다네
　　보통 사람은 가질 수 없는 이불이.
교도소 마당 저 아래에 누워 있는 그는
　　더욱 큰 수치를 위해
벌거벗은 몸으로, 양발에 족쇄를 차고
　　불길의 이불을 덮고 있다네!

불타는 석회는 그동안 내내 살과 뼈를
　　야금야금 살라먹었네.
석회는 밤이면 연약한 뼈를 먹고
　　낮에는 부드러운 살을,

83 시신을 빨리 분해하는 작용을 한다.

It eats the flesh and bone by turns,
    But it eats the heart alway.

*

For three long years they will not sow
    Or root or seedling there:
For three long years the unblessed spot
    Will sterile be and bare,
And look upon the wondering sky
    With unreproachful stare.

They think a murderer's heart would taint
    Each simple seed they sow.
It is not true! God's kindly earth
    Is kindlier than men know,
And the red rose would but blow more red,
    The white rose whiter blow.

Out of his mouth a red, red rose!
    Out of his heart a white!

그렇게 살과 뼈를 번갈아가며 먹다가
　　심장도 몽땅 먹어치운다네.

*

앞으로 3년 동안 그 저주받은 땅에는
　　아무것도 심기지 않으리.
씨앗도, 뿌리도, 묘목도 자라지 않는
　　그 황량한 불모지를
하늘은 의아해하며 내려다볼 테고,
　　땅은 원망 없이 올려다보겠지.

사람들은 살인자의 심장이 모든 씨앗을
　　더럽힐 거라 생각하지만
그건 오해라네! 신의 친절한 땅은
　　사람들의 생각보다 더 친절해
붉은 장미는 더 붉게, 흰 장미는 더 희게
　　피워줄 뿐일 것이라네.

그의 입에서 붉고붉은 장미가!
　　그의 심장에서 흰 장미가!

For who can say by what strange way,
    Christ brings His will to light,
Since the barren staff the pilgrim bore
    Bloomed in the great Pope's sight?

*

But neither milk-white rose nor red
    May bloom in prison air;
The shard, the pebble, and the flint,
    Are what they give us there:
For flowers have been known to heal
    A common man's despair.

So never will wine-red rose or white,
    Petal by petal, fall

누가 알겠는가, 그리스도께서 그분의 뜻을

기묘한 방식으로 드러내실지?

어느 순례자의 메마른 나무 지팡이가

교황의 눈앞에서 꽃을 피워냈듯이.[84]

*

그러나 우윳빛 장미도 붉은 장미도

교도소 안에서는 피지 않으리.

거기서 우리에게 주는 것은 오로지

그릇 파편, 자갈, 부싯돌뿐[85]

꽃은 평범한 사람들의 절망만을

치유한다고 알려져 있으므로

그러므로 와인빛 장미든 흰 장미든,

흉측한 교도소 담장 옆의

84 중세의 전설에서, 사랑을 탐닉하던 탄호이저가 참회하고 교황에게 사면을 구하자, 교황은 그의 지팡이에서 싹이 트기 전에는 안 된다고 한다. 그리고 탄호이저가 교황의 앞에서 떠난 이후에야 지팡이에서 싹이 트는 기적이 벌어진다.

85 《햄릿》의 5막 1장에서 차용한 구절. 율법을 어기고 자살한 사람의 명예롭지 못한 죽음을 비난하기 위해 무덤에 던지는 물건으로 열거된다.

On that stretch of mud and sand that lies
　　By the hideous prison-wall,
To tell the men who tramp the yard
　　That God's Son died for all.

*

Yet though the hideous prison-wall
　　Still hems him round and round,
And a spirit may not walk by night
　　That is with fetters bound,
And a spirit may but weep that lies
　　In such unholy ground,

He is at peace—this wretched man—
　　At peace, or will be soon:
There is no thing to make him mad,
　　Nor does Terror walk at noon,
For the lampless Earth in which he lies
　　Has neither Sun nor Moon.

그 진흙과 모래의 공터에서 꽃잎을 떨굴 날은
　결코 오지 않으리.
그래야만 그곳에서 신의 아들이 모두를 대신해
　죽었음을 알릴 수 있으니

*

그러나, 흉측한 교도소 담장이 여전히
　그를 둘러싸고 있어도
족쇄에 묶인 사람 누구 하나 밤중에
　그곳을 걷지 않아도
그 부정한 땅에 누워 있는 누구 하나
　울지 않는다 할지라도

그는, 그 비참한 남자는, 평온하다네.
　아니어도 곧 평온해질 테지
그를 화나게 할 것이라곤 아무것도 없고
　정오에 돌아다니는 공포도,
해도, 달도, 등불도 없는 땅속에
　그는 누워 있으므로.

*

They hanged him as a beast is hanged:
They did not even toll
A requiem that might have brought
Rest to his startled soul,
But hurriedly they took him out,
And hid him in a hole.

They stripped him of his canvas clothes,
And gave him to the flies:
They mocked the swollen purple throat,
And the stark and staring eyes:
And with laughter loud they heaped the shroud
In which their convict lies.

The Chaplain would not kneel to pray
By his dishonoured grave:
Nor mark it with that blessed Cross
That Christ for sinners gave,
Because the man was one of those

*

사람들은 짐승을 잡듯 그를 목매달고
　　그의 놀란 영혼을
진정시켜주기 위한 진혼곡 하나조차
　　들려주지 않고, 다만
부랴부랴 시신을 빼내서 구덩이에 넣어
　　숨기는 데에만 급급했다지.

그들은 그의 광목 옷을 벗겨버리고
　　파리 떼에 그를 내어주고
부어오른 보라색 목과, 허공을 빤히 쳐다보는
　　눈동자를 보며 비웃고는,
낄낄대고 요란히 웃으면서 수의를 그 위에
　　아무렇게나 던져놓았다지.

사제는 그의 불명예스러운 무덤 앞에서
　　기도하지 않을 것이고
그리스도가 죄인들을 위해 준, 축복의 십자가를
　　무덤에 세우지도 않겠지.
그 남자는 그리스도가 내려와서 구원한

Whom Christ came down to save.

Yet all is well; he has but passed
To Life's appointed bourne:
And alien tears will fill for him
Pity's long-broken urn,
For his mourners will be outcast men,
And outcasts always mourn.

V

I know not whether Laws be right,
Or whether Laws be wrong;
All that we know who lie in gaol
Is that the wall is strong;
And that each day is like a year,
A year whose days are long.

But this I know, that every Law
That men have made for Man,

사람들 중 한 명이니까

그래도 다 괜찮다네. 그는 삶에 지정된
경계선을 넘어갔을 뿐
그리고 깨어진 지 오랜 연민의 항아리에는
이방인들이 그를 위해 눈물 흘리리.
그의 죽음을 슬퍼하는 이들은 추방자일 터이고
추방자들은 언제나 슬퍼하리니.

V

법이 옳은지, 아니면 그른지
그런 것은 나는 모르네
감옥에 누워 있는 우리가 아는 것은
담장이 튼튼하다는 것과,
하루가 일 년 같다는 것, 꼭 그만큼
매일이 길다는 것뿐이라.

다만 이것만은 나도 알지. 최초의 인간이
친형제의 목숨을 빼앗고

Since first Man took his brother's life,
    And the sad world began,
But straws the wheat and saves the chaff
    With a most evil fan.

This too I know—and wise it were
    If each could know the same—
That every prison that men build
    Is built with bricks of shame,
And bound with bars lest Christ should see
    How men their brothers maim.

With bars they blur the gracious moon,
    And blind the goodly sun:
And they do well to hide their Hell,
    For in it things are done
That Son of God nor son of Man
    Ever should look upon!

슬픈 세상이 시작된 이래, 인간이 인간을 위해
　　만들어낸 모든 법은
가장 사악한 키로 알곡은 내다 버리고
　　쭉정이만 거둬들인다는 것을.[86]

그리고 이 또한 나는 아네—이것이 진리라면,
　　모두가 이 진리를 안다면 좋으련만—
인간이 세운 교도소는 모두 수치로 지어졌으며,
　　거기에 창살이 쳐진 까닭은
인간이 자기 형제를 해치는 모습을 그리스도에게
　　보이지 않기 위해서임을.

자애로운 달을 흐리고, 찬란한 태양의
　　눈을 가리는 창살로
인간들이 그 지옥을 감춘 것은 잘한 일이지.
　　그 안에서는 신의 아들도,
사람의 아들도 차마 봐서는 안 될
　　온갖 일이 벌어지니까!

86 마태복음 3:12, 알곡은 모아두고 쭉정이는 꺼지지 않는 불에 태우실 것이라는 구절을 비튼 것.

*

The vilest deeds like poison weeds
    Bloom well in prison-air:
It is only what is good in Man
    That wastes and withers there:
Pale Anguish keeps the heavy gate,
    And the Warder is Despair.

For they starve the little frightened child
    Till it weeps both night and day:
And they scourge the weak, and flog the fool,
    And gibe the old and gray,
And some grow mad, and all grow bad,
    And none a word may say.

Each narrow cell in which we dwell
    Is a foul and dark latrine,
And the fetid breath of living Death
    Chokes up each grated screen,
And all, but Lust, is turned to dust

*

교도소의 공기 속에서는 독초처럼 악독한
　　행위들이 잘 피어나지
그곳에서 버려지거나 시들어가는 것은
　　인간 사회의 미덕뿐이라네.
창백한 비통이 그곳의 육중한 철문을 지키며,
　　교도관의 이름은 절망이라네.

그곳에서는 겁에 질린 조그마한 아이를 굶겨서
　　밤낮으로 울게 만들고,
약자를 괴롭히고, 바보를 채찍질하며
　　머리 센 노인을 조롱한다네.
어떤 이들은 화가 나고, 모두가 건강을 잃으며
　　어느 누구도 말은 않는다네.

우리가 사는 비좁은 감방 하나하나는
　　어둡고 역겨운 변소,
살아 있는 죽음이 내뿜는 고약한 숨 냄새가
　　창살 틈새를 틀어막고
육욕을 제외한 모든 것은 인간성의 기계에

In Humanity's machine.

The brackish water that we drink
Creeps with a loathsome slime,
And the bitter bread they weigh in scales
Is full of chalk and lime,
And Sleep will not lie down, but walks
Wild-eyed, and cries to Time.

*

But though lean Hunger and green Thirst
Like asp with adder fight,
We have little care of prison fare,
For what chills and kills outright
Is that every stone one lifts by day
Becomes one's heart by night.

With midnight always in one's heart,
And twilight in one's cell,
We turn the crank, or tear the rope,

갈려나가 먼지가 되네.

우리가 마시는 찝찔한 물에는
메스꺼운 점액이 떠 있고
저울에 달아주는 쓰디쓴 빵은
백묵과 석회 가루로 가득하며
잠은 통 눕지를 못하고, 시간을 향해 울부짖으며
부리부리한 눈빛으로 걸어 다니지.

*

하지만 야윈 굶주림과 핼쑥한 갈증이
독사와 살무사처럼 싸워대도,
교도소에서 식사는 별 대수가 아니지.
진정으로 무서운 일은
우리가 낮마다 들어 올려야 하는 돌덩이처럼
우리 심장이 밤마다 딱딱해진다는 것

언제나 한밤중인 마음을 안고
언제나 황혼인 감방 안에서
우리는 크랭크를 돌리거나, 밧줄을 푼다네.

Each in his separate Hell,
And the silence is more awful far
Than the sound of a brazen bell.

And never a human voice comes near
To speak a gentle word:
And the eye that watches through the door
Is pitiless and hard:
And by all forgot, we rot and rot,
With soul and body marred.

And thus we rust Life's iron chain
Degraded and alone:
And some men curse, and some men weep,
And some men make no moan:
But God's eternal Laws are kind
And break the heart of stone.

*

And every human heart that breaks,

각자의 지옥 안에서
놋쇠 종소리보다 더욱 지독하게 귀청을
찢는 정적을 들으면서

상냥한 말을 건네는 사람의 목소리는
한 번도 들려오지 않고
문틈으로 우리를 감시하는 눈동자는
무자비하고 가혹하기만 한데
영혼도 몸도 망가지고, 모두에게 잊힌 채로
우리는 썩어가고 썩어간다네.

그리하여 타락하고 고립된 우리
삶의 쇠사슬은 녹슬어가지.
어떤 이들은 욕을 뇌까리거나, 흐느껴 울지만
어떤 이들은 신음도 한 번 않지.
하지만 신의 영원한 법은 친절하기에
돌덩이가 된 심장도 부숴준다네.

*

감방이나 교도소 마당에서 부서지는

In prison-cell or yard,
Is as that broken box that gave
Its treasure to the Lord,
And filled the unclean leper's house
With the scent of costliest nard.

Ah! happy they whose hearts can break
And peace of pardon win!
How else may man make straight his plan
And cleanse his soul from Sin?
How else but through a broken heart
May Lord Christ enter in?

*

And he of the swollen purple throat,
And the stark and staring eyes,
Waits for the holy hands that took
The Thief to Paradise;

모든 인간의 심장은,
그리스도에게 보물을 바치기 위해 깨어졌던
그리고 더러운 문둥이의 집을
값비싼 나르드 향유의 냄새로 채웠던
바로 그 옥합과도 같아라.[87]

아! 행복한 나날과 용서의 평화 있으리
심장이 깨어진 자들에게는!
그러지 못하는 자들이 어떻게 앞날을 정리하고
영혼의 죄를 씻겠는가?
심장이 깨어지지 않으면, 구주 그리스도께서
어떻게 우리 안에 들어오시겠는가?

*

목이 보라색으로 부어오른 그 남자는
허공을 빤히 쳐다보며,
도둑을 낙원으로 인도해주었던
성스러운 손길을 기다리네.[88]

87 마가복음 14장에서, 그리스도가 나병 환자의 집에서 머물 때 한 여자가 귀한 나르드 향유를 가져와 그리스도의 머리에 붓는다.

And a broken and a contrite heart
    The Lord will not despise.

The man in red who reads the Law
    Gave him three weeks of life,
Three little weeks in which to heal
    His soul of his soul's strife,
And cleanse from every blot of blood
    The hand that held the knife.

And with tears of blood he cleansed the hand,
    The hand that held the steel:
For only blood can wipe out blood,
    And only tears can heal:
And the crimson stain that was of Cain
    Became Christ's snow-white seal.

참회로 부서져버린 그의 심장을
　　주께서는 경멸하지 않으리.

붉은 옷을 입고 법전을 읽는 남자는
　　그에게 3주간의 생명을 주었지
그의 영혼에서 번민을 털어내고
　　칼을 잡았던 손에서
핏방울을 말끔히 닦아내기 위한
　　3주라는 짧은 시간을

그는 강철을 잡았던 손을 씻어냈네
　　피눈물로 손을 씻었네.
피는 피로써만 닦을 수 있고
　　눈물로써만 치유할 수 있기에
그러자, 카인의 진홍색 얼룩은 눈처럼 새하얀
　　그리스도의 인장이 되었네.

88 누가복음 23:43, 그리스도와 함께 처형되는 죄수들 중 한 명이 구원을 받는다.

VI

In Reading gaol by Reading town
    There is a pit of shame,
And in it lies a wretched man
    Eaten by teeth of flame,
In a burning winding-sheet he lies,
    And his grave has got no name.

And there, till Christ call forth the dead,
    In silence let him lie:
No need to waste the foolish tear,
    Or heave the windy sigh:
The man had killed the thing he loved,
    And so he had to die.

And all men kill the thing they love,
    By all let this be heard,
Some do it with a bitter look,
    Some with a flattering word,
The coward does it with a kiss,

VI

레딩 마을의 레딩 감옥 안에는
　　수치의 구덩이가 있다네
그곳에는 어느 비참한 남자가 누워 있지
　　불꽃의 이에 뜯어먹히며
타오르는 천금을 덮은 채 누워 있는
　　그의 무덤에는 이름도 없네.

그리스도가 죽은 자들을 부르실 때까지
　　그가 거기서 조용히 쉬게 두게나.
어리석은 눈물도, 공허한 한숨도
　　낭비할 필요가 없다네.
그 남자는 자신이 사랑하는 것을 죽였고
　　그래서 죽어야 했던 것이라네.

모든 사람은 자신이 사랑하는 것을 죽이지
　　이 노래를 듣는 사람 모두가.
어떤 이는 냉혹한 눈길을 던져 죽이고
　　어떤 이는 아첨으로
비겁한 자는 키스로

The brave man with a sword!

C. 3. 3.

용감한 자는 검으로 죽인다네!

C. 3. 3.

옮긴이의 글

아름다움의 숭배자, 퀴어들의 순교자
오스카 와일드의 시 세계

오스카 와일드의 《시집Poems》은 1881년 처음 출간됐을 당시 많은 비판을 받았다. 가장 크게 불거진 비판은 표절 시비였다. 와일드는 셰익스피어William Shakespeare, 밀턴John Milton, 테니슨Alfred Tennyson, 키츠John Keats, 아널드Matthew Arnold, 스윈번Algernon Charles Swinburne, 모리스William Morris, 보들레르Charles Pierre Baudelaire 등을 모방해 시를 썼다. 이러한 경향은 특히 초기 시들에서 두드러진다. 그의 시집은 동시대와 이전 시대에 영국이나 프랑스에서 특정한 조류를 형성했던 저명한 시인들의 시구, 착상, 제목, 스타일 등을 이것저것 떼어다가 모아놓은 컬렉션에 가까웠고, 와일드만의 고유한 독창성이 담겼다고 할 만한 시는 얼마 되지 않았다. 이렇게 노골적인 모방이 평단의 비난과 반발을 불러일으킨 것은 당연했다. 옥스퍼드 연합회 도서관 측에서는 심지어 와일드의 시집을 소장할 가치조차 없다고 여겨서 납본을 거부했을 정도였다. 그로부터 10년 뒤, 더욱 성숙하고 성공적인 작가가 된 와일드는 기존에 쓴 시들을 수정하고 다시 엮어서 새로운 《시집》 판본을 출간했다. 하지만 이후로도 와일드는 극작가, 소설가, 비평가로서의 업적과 명성에 비해—그리고 무엇보다도, 퀴어로서 그가 살아온 드라마틱한 삶 자체에 비해—시인으로서의 성취는 크게 조명받지 못했다.

그러나 와일드가 자신이 다른 시인들을 모방한 사실을 조금도 숨기려고 하지 않고 오히려 뚜렷하게 내보인다는 점에서 그의 시들은 표절의 차원을 비껴간다. 와일드가 시에 차용한 요소들의 출처는 시에 관심이 있는 독자라면 누구나 쉽게 알아볼 수 있을 정도로 잘 알려진, 대중적으로 친숙한 작품이었고, 와일드는 원작을 일관되게 존경하는 태도로 빌려오고 있었다. 이런 점에서 와일드는 일종의 문학적 오마주를 통해 그들에 대한 경애를 사심 없이 드러낸 것처럼 보인다. 하지만 다른 한편으로는, 그들의 업적과 성취를 마치 자신의 것인 양 대담하게 가져다 쓰고, 그런 식의 차용을 거듭하면서 여러 시인들의 시상을 뒤섞어 콜라주처럼 붙여놓음으로써 아이러니하게도 와일드의 존재감이 오히려 더욱 강하게 부각되는 것을 볼 수 있다. 와일드는 자신의 생애, 개인적인 관심사, 예술가로서의 자의식, 심미주의자로서의 예민한 감각과 취향, 더 나아가 오스카 와일드라는 이름을 돋보이게 하기 위해서 그 모든 문학적 유산을 동원한 것처럼 보인다. 마치 문학의 옷장에서 여러 시적 스타일의 옷을 하나씩 걸쳐보다가 자신의 멋을 가장 잘 뽐낼 수 있는 옷가지들을 골라 겹쳐 입고 독자들 앞에 나타난 것처럼. 와일드의 이러한 뻔뻔스러운 태도는 시뿐만이 아니라 다른 문학 영역에서도 곧잘 나타난다. 와일드는 문학을 자신의 개성과 삶의 표현을 위한 액세서리처럼 쓰면서, 한편으로는 자신의 삶을 문학에 바치고 싶어 했다. 이런 모순 자체가 바로 와일드의 독창성이다.

본 선집은 오스카 와일드라는 인물의 독특한 개성을 현대 독자들에게 잘 보여줄 수 있는 시들을 중심으로 미적 가치가 뛰어난 작품들을 선별해 수록한 것이다. 특히 와일드의 퀴어적 측면에 주목하면서 그의 시 세계를 살펴보는 데 초점을 맞추었다. 이는 흥미롭고도 유의미한 경험이 될 것이다. 와일드가 문학으로 멋들어지게 치장했던 그의 삶은 바로 퀴어로서의 삶이었고, 퀴어로서 그가 지녔던 사고방식, 자기성찰, 세계관은 그의 예술 이론과 작품에 짙게 반영되어 있기 때문이다.

1. 심미주의와 남성성

와일드는 오늘날 게이의 아이콘처럼 통용되지만, 그가 정확히 현대적 개념에서 동성애자의 카테고리에 속하는지는 불확실하다. 와일드는 1884년, 스물아홉의 나이에 콘스턴스 로이드Constance Lloyd와 결혼했고, 그로부터 2년 안에 그녀와의 사이에서 두 아들을 낳았다. 남아 있는 기록, 편지, 증언 들로 미루어볼 때 두 사람이 사랑해서 결혼했고 행복한 신혼 생활을 이어갔다는 것은 분명하다. 그러나 결혼한 지 2년 뒤부터 부부 사이가 소원해졌고, 그즈음 와일드는 본격적으로 남성들과 성적 교제를 시작한 것으로 알려져 있다.

와일드가 양성애자였는지, 이성애자였다가 동성애자로 재정체화한 것인지, 아니면 혼란기에 자신의 감정을 착각하고 콘스턴스와 결혼했던 것인지는 판단하기 어렵다. 그 시대에는 양성애, 이성애, 동성애라는 개념 자체가 없었다. 다만 와일드가 일찍부터 남성 간의 우정에 대한 헬레니즘적 이상론에 친숙했음은 분명하다. 당시 영국의 옥스퍼드나 케임브리지와 같은 유서 깊은 대학에 다니던 청년들은 그리스 철학과 문학에 영향을 받아, 남성 간의 고귀한 우정이라는 낭만적 관념에 익숙했다. 고대 그리스에서는 남자들이 서로 굳건한 우정을 통해 덕성과 분별력을 키우고 용기를 발휘할 수 있다고 믿었다. 특히 성인 남성이 소년을 사랑하여 그를 후원하고 지도하고 교화하는 행위는, 공동체를 유지하기 위한 교육의 일환으로서 사회적으로 권장되기도 했다. 플라톤은 이러한 소년애paiderastia를 범속한 육욕의 차원을 뛰어넘은, 아름다움과 지혜를 추구하는 사랑으로 정식화했다. 육체는 변화하고 썩어 없어지는 물질이므로 그에 대한 사랑도 한시적일 수밖에 없지만, 아름다운 영혼에 대한 사랑은 확고부동한 천상의 사랑이라는 것이다. 반면 여성에 대한 사랑은 전자에 속하는 것으로, 번식을 위한 육체적 본능에 이끌린 지상의 사랑에 해당했다. 그리스적 소년애는 기본적으로 여성 혐오적인 기제에서 성립된다. 여성에 대한 끌림은 저속하고 천박하며, 초월적인 아름다움이란 남성에게서만 발견되고 또 추구할 수 있는 것이다. 즉 진정으로 아름다운 존재는 남성이다.

와일드는 일찍이 심미주의적 미학 이론을 주창한 평론가 월터 페이터Walter Pater를 스승으로 삼아 존경했고, 대학 시절 그를 직접 만나고 깊은 영향을 받아 본격적인 심미주의자가 되었다고 전해진다. 페이터는 자신의 저작들에서 헬레니즘에 입각한 남성의 아름다움과 남성 간의 우정을 역설했고, 스스로 대학생 청년들과 교제하기도 했다. 이로 미루어보면 와일드는 페이터와의 사제 관계에서 그리스적 소년애에 가까운 경험을 했고, 이로부터 자신의 예술관을 쌓아갔던 것으로 보인다. 그는 페이터의 사상을 물려받아 아름다움을 지고의 가치로 숭상했고, 예술은 그 자체의 아름다움 외에는 아무런 목적도 갖지 않는다는 '예술을 위한 예술' 이론을 전개했다. 그리고 이 아름다움은 곧잘 소년의 모습으로 표상되었다. 순수하고, 세상의 때가 묻지 않은, 무한한 가능성을 지닌 미소년들에 대한 찬미는 와일드의 시와 소설에서 자주 나타나는 주제다.

날씬하고 어여쁜 소년, 이 세상의 고통과 어울리지 않네.
　　숱 많은 금빛 머리카락 귓가에 고슬고슬하고
　　어리석은 눈물을 머금은 애타는 눈동자는
안개비 너머로 비친 푸르디푸른 물 같고,
키스의 흔적 없는 창백한 뺨,
　　사랑이 두려워 움츠린 빨간 아랫입술,

하얀 목은 비둘기 가슴보다도 흰데—

〈낭비된 나날들〉 중

잠시나마 누구보다도 사랑받는 연인이 되었다는 것,
사랑과 함께 손잡고 걸었다는 것,
사랑의 자줏빛 날개가 그대 미소에 스치는 순간을
보았다는 것은 분명 대단한 일이야

아! 게걸스러운 정열의 독사가 내 소년의
심장을 먹고 살아도, 나는 빗장을 부수고
아름다움과 마주 서서, 결국엔 알아내고 말았지
태양 그리고 모든 별을 움직이는 사랑을!

〈변명〉 중

〈변명〉에는 와일드가 생각하는 그리스적 소년애의 이상이 집약되어 있다. 〈변명〉의 화자는 어리고 순수한 소년을 사랑하고 그를 숭배하며, 그 사랑의 고통 때문에 비참한 처지에 놓여 있지만, 그럼에도 "푸짐한 향연"을, "아름다움이 알려"진 땅을, "자유"로운 영혼을 경험할 수 있었기에 기쁘다고 이야기한다. 세속의 행복이나 일신의 안녕보다 고귀한 아름다움이라는 가치를 소년에 대한 사랑을 통해 비로소 알게 되었다는 것이다. 여기서 화자는 예술가를, 소년은 아름다움을 상징한다고 할 수 있다.

이러한 구도는 와일드의 대표작인 《도리언 그레이의 초상The Picture of Dorian Gray》(1890)에서 더욱 섬세하고 다층적으로 구현된다. 이 소설에서 도리언 그레이는 순결하고 아름다운 청년이고, 그를 쾌락주의자의 삶으로 인도하는 헨리 워턴 경은 청년을 교육하고 지도하는 성인 남성의 위치에 있다. 그리고 그 청년에 대한 사랑 때문에 괴로워하는 겸허한 예술가의 자아는 도리언의 초상화를 그리는 화가 배질 홀워드가 맡는다. 작중에서 배질은 도리언에게 품은 숭배의 감정을 다음과 같이 토로한다.

"자네를 만난 순간부터 자네의 개성이 내게 엄청난 영향력을 미쳤네. 나는 자네를 미치도록, 호사스럽게, 터무니없이 숭배했어. 자네가 말을 거는 모든 사람을 질투했네. 자네를 완전히 독차지하고 싶었거든. 자네와 함께 있을 때는 오로지 행복하기만 했고, 떨어져 있을 때에도 자네는 내 예술 안에서 여전히 존재하고 있었다네. 죄다 어리석고 잘못된 짓이었지. 지금도 여전히 어리석고 잘못되었고. 물론 이런 걸 자네에게 말할 생각은 없었네. 그건 불가능한 일이었어. 자네는 절대로 이해하지 못했을 테고, 나조차도 나 자신이 이해가 되지 않았으니까. 그러다 어느 날 자네를 모델로 해서 근사한 초상화를 그리기로 결정한 걸세. 그런데 (…) 작업을 하다보니, 내가 칠하는 색깔 하나하나가 모두 내 비밀을 까발리는 것만 같더군. 세상이 나의 숭배를 알게 될까 봐 점점 겁이 났어."

《도리언 그레이의 초상》 중

그런데 배질의 대사에는 명백한 성적 긴장이 흐르고 있다. 도리언에게 소유욕과 질투심을 느끼고, 그런 자신의 욕망을 비정상적이라고 여기며 수치스러워하는 배질의 심리는, 초월적인 가치를 지향한다는 그리스적 소년애의 이상과는 괴리를 일으키는 것으로 보인다. 본래 궁극적인 소년애란 '플라토닉'한 숭배의 감정으로, 속세의 육체적 성애를 부정함으로써만 성립되는 개념이기 때문이다. 이는 동성끼리도 이성 관계와 마찬가지로 본능에 이끌리고, 흥분하고, 질투하고, 성교하고, 결혼할 수도 있다는, 즉 세속적 사랑의 모든 것이 가능하다는 현대적 동성애 개념과는 구분될 뿐만 아니라, 그러한 현대적 개념을 근본적으로 부정해야만 가능한 것이다. 애초에 여성과의 이성애가 경멸스럽고 저속하기 때문에 그것보다 더 나은 아름다움(소년애)을 추구하는 것이라면, 뭐하러 이성애의 특성들을 욕망한단 말인가?

하지만 이러한 모순은 배질이라는 캐릭터 혼자만의 것이 아니었다. 당대의 소년애 신봉자들 모두가 실제로 자신들이 겉으로 내세우는 사상처럼 그렇게 플라토닉하고 초월적인 사랑을 추구하며 살지는 않았다. 특히 와일드는 그 누구보다도 세속적이고 육체의 쾌락을 추구하던 사람이었다. 그들은 그리스 신화 속에서 남신들에게 사랑받은 미소년들인 히아킨토스와 힐라스(《칸초네타》)를 자주 언급했지만, 그들 자신은 헤라클레스도, 아폴론도 될 수 없었다. 그럼에도 그들은 이 모순된 지점을 외면했고, 자신들의 사랑을 숭고한 감정으로 표현하는 데에 매진했다. 그들은 헬레니즘이나 심미주의의 가치를 실현하기 위해 소년애를 수행한 것이라기보다는, 남성 간의 성적 욕망을 이상화하기 위해서 헬레니즘과 심미주의라는 문화적 틀을 빌려왔던 것이다.

19세기 말 영국은 기독교의 도덕률과 가부장적 질서, 그리고 계급 제도가 엄격히 지배하는 사회였다. 당시 상류층 남성들은 대부분 명문 남학교에 다니면서 성장기와 청년기의 대부분을 상류층끼리의 호모소셜homosocial 안에서만 머물렀고, 모두 공통적으로 그리스 고전과 희랍어를 배웠다. 그렇기 때문에 상류층의 남성 동성애자들에게 헬레니즘과 소년애 사상은 서로의 성적 지향을 식별하고 소통하는 공용어가 되기에 적합했다. 게다가 그들은 자신들의 사상이 영국 사회의 윤리를 선도할 상류층의 자제들로서 가질 만할 고결한 기사도적인 철학이라고 포장함으로써 도덕적 명분을 부여할 수 있었고, 그럼으로써 세간의 의혹과 비난을 피할 수도 있었다. 즉 상류층의 남성 동성애자들은 헬레니즘을 근간으로 자신들의 문화와 언어를 형성했고, 동시에 그 사상으로 자신들의 성적 취향을 외부적으로 정당화했던 셈이다.

그 정당화는 꽤 오랫동안, 아마도 그리스 고전이 고등교육 커리큘럼에 포함되었을 때부터 쭉 이루어지고 있었을 것이고, 이성애중심적 사회를 속이는 데에도 대체로 성공해왔다. 물론 명문대 남학생들을 중심으로 '외설적' 문화가 있다는 것을 눈치챈 사람들은 언제나 있었지만, 그들은 그 사실을 어떻게든 모른 척, 속는 척 외면할 수 있었다. 명문대 남학생들이란 곧 영국 사회의 지배 계급이 될 남성들이었고, 그들이 기독교적 가치와 가부장제의 규범을 정면으로 위배하는 자기 파괴적인 짓을 저지르고 있다는 것을 인정하고 싶어 하는 사람은 아무도 없었기 때문이다.

하지만 오스카 와일드가 남색죄로 기소당하고 사상

최악의 스캔들의 주인공이 된 뒤부터 그들의 은밀한 문화는 더 이상 은밀할 수가 없게 되었고, 그 누구도 외면하려야 외면할 수가 없게 되었다. 와일드는 당대 게이 커뮤니티의 실체를 온 세상에 밝힘으로써 근대 남성성과 남성 권력의 분열을 폭로하는 역할을 했던 것이다. 물론 와일드 자신은 그러고 싶지 않았겠지만 말이다.

2. 퇴폐주의와 여성성

와일드의 초기 시들의 주제는 대부분 낭만시의 전통에 머물러 있지만, 중기에 들어서면서부터는 페이터의 심미주의적 관점을 본격적으로 구현하는 데에 집중한다. 진정으로 심미적인 예술을 추구하기 위해서는 외부 세계를 색채, 냄새, 감촉, 소리와 같은 감각적 요소들의 미적인 조화 또는 부조화로 인식하고 향유해야 하는데, 그러려면 세계에 실용성이나 도덕률에 따른 의미를 부여하는 인습과 고정관념으로부터 최대한 자유로워야 한다. 그래서 와일드는 〈장식 환상곡: 풍선들〉, 〈노란색 교향곡〉, 〈인상들: 실루엣〉과 같은 시에서 세계를 감각적인 인상들로 해체하고 재배열하려 시도한다. 템스 강변, 바닷가, 풍선들이 바람에 떠오르는 모습 등 일상에서 순간적으로 지나칠 법한 장면들을 와일드는 예리하게 포착해내 언어로 이루어진 한 폭의 풍경화처럼, 동시에 한 편의 음악처럼 구성한다. 시각적 심상들을 최대한 활용한 비유들도, 반복되는 음절들과 사물의 움직임이 맞물려 풍부한 울림을 자아내는 운율도 독창적이다. 와일드가 가장 '모던'해지는 순간이라 하겠다.

와일드는 여기에서 멈추지 않는다. "나는 이 세상의 모든 정원에 있는 과실을 전부 먹어보고 싶고, 나의 영혼에 그러한 정열을 품고 세상 밖으로 나가겠다"(《심연으로부터De Profundis》(1897)[1] 중)면서, 그는 금단의 과수원에까지도 발을 들이겠다고 선언한다. 도덕규범을 무시하는 것으로는 모자라다. 도덕규범을 의도적으로 위반하는 데까지 나아가야 한다. 금지된 악의 영역에도 손을 담가봐야만 비로소 지고의 심미적 쾌락을 누릴 수 있을 것이기 때문이다. 따라서 와일드는 성적 쾌락을 현란하게 묘사하거나(〈황금 방에서: 화음〉, 〈스핑크스〉), 죽음과 광기를 탐닉하거나(〈숲속에서〉, 〈매춘부의 집〉), 타락한 죄인의 회한을 노래하거나(〈슬퍼라!〉, 〈삶의 권태〉), 기독교의 위상을 모독

1 와일드가 레딩 교도소에서 그의 동성 연인 앨프리드 더글러스에게 보낸 서간문이자 명상록으로, 그때까지 두 사람이 나누었던 관계의 전말이 와일드의 시각으로 서술되어 있다.

하는 내용(《스핑크스》)을 연이어 선보이면서 보들레르의 퇴폐주의 계보를 이어나간다.

그런데 와일드가 성적 쾌락을 노골적으로 묘사할 때, 그것이 언제나 여성에 대한 사랑[2]이라는 점은 주목할 만하다. 그가 남성 간 성관계의 묘사를 회피하거나 완곡하게만 접근한 것은 일차적으로 당대의 검열 때문이었겠지만, 앞서 살펴보았듯 그리스적 소년애의 원칙에 위배되기 때문이기도 했다. 와일드의 시 세계에서 성에 대한 퇴폐주의적 접근은 여성성을 통함으로써 가능했던 셈이다. 와일드가 편집한 본래 시집에서 〈변명〉, 〈너무나 사랑했기에〉, 〈사랑의 침묵〉, 〈그녀의 목소리〉, 〈나의 목소리〉, 〈삶의 권태〉는 모두 '4악장The Fourth Movement'이라는 제목의 장으로 묶인, 일련의 서사를 가지고 흘러가는 연작시로서, 와일드가 로맨스를 이야기할 때 남성성과 여성성이 어떻게 분리되는지를 잘 보여준다. 처음에 화자는 헬레니즘의 이상에 걸맞은 아름다운 소년을 발견한 예술가로 나타난다. 그러나 이상의 차원에 존재해야 할 아름다움이 육신을 입고 출현하니, 화자의 세계는 붕괴

2 남자와 여자와의 이성애뿐만 아니라, 〈스핑크스〉에서는 심지어 여성 간의 동성애도 언급된다.

되기 시작한다. 예술가의 예리한 눈을 통해 삶의 틈새에서 포착되고 그의 손을 통해 작품으로 형상화되어야 할 아름다움이 삶의 영역에서 이미 그 스스로 완벽하게 존재하고 있으므로 예술가는 속절없이 무력해지고 사랑에 완전히 지배당하는 것이다. 사랑의 포로가 된 화자는 미를 추구하는 고결한 헬레니즘적 인간이 아니라, 질투, 소유욕, 광기, 감각적 쾌락과 육신의 번뇌에 좌지우지되는 범속한 인간으로 전락한다. 걷잡을 수 없이 타락해가던 화자는 결국엔 예술가로서의 본연의 능력을 아예 상실해, "류트의 현이 풀린" 채 침묵하게 된다(〈사랑의 침묵〉).
그러자 소년의 성별이 갑자기 바뀐다. 화자가 사랑하는 소년은 이제 더 이상 소년이 아니라, '그녀'라고 불리는 여성이다. 화자는 이제 속세의 사랑을 하고 있고, 속세의 사랑이란 이성애적인, 즉 상대방을 타자화·여성화하는 방식의 사랑이기 때문이다. 어느새 여성이 되어버린 이 잔혹하고 무정한 연인은 "그대와 나, 우리 두 사람은/ 하나의 세상으로는 부족했던 거야"(〈그녀의 목소리〉)라며, "더 달콤한 멜로디를 부르는 입술"(〈사랑의 침묵〉)을 가진 누군가를 찾아 떠나버린다. 그녀는 자신을 다시 천상의 아름다움을 간직한 소년으로 만들어주고 찬미해줄 새로운 예술가를 필요로 하는 것이다.

만약 두 사람이 천상의 세상에서 만났더라면 헤어질 필요가 없었을 것이다. 하지만 그들은 "불안하고 분주한, 현대의 세상"(《나의 목소리》)에서 만났고, 속세의 쾌락에 묶인 그들의 사랑은 영원히 지속될 수 없으며, 타락해버린 예술가는 더 이상 순수한 남성성의 수호자일 수가 없다. 결국 예술가는 '그녀'를 떠나보내고, 늙고, 소진되고, 공허하고, 권태로운 상태로 혼자 남아 자신의 젊은 날을 돌이켜보며 회한에 잠긴다. "차라리 나는 초연히 서 있겠어/(…) 내 순백의 영혼이 처음 죄의 입술과 키스했던/ 떠들썩한 불화의 동굴로 돌아가느니."(《삶의 권태》) 이제 그에게 속세의 세계는 도저히 참을 수 없을 만큼 더러운 곳이다. 그가 처음으로 여성을 탐하는 죄악을 범한 곳이기 때문이다.

그런데 이 죄의식은 또 다른 쾌락으로 작용한다. 여성을 탐하는 일은 곧 순결을 잃고 악을 저지르는 일이지만, 퇴폐주의의 관점에서는 악을 저지르는 것이야말로 지고의 쾌락이다. 와일드의 소설이나 시에는 타락이나 타락에의 유혹에 빠졌다가 종국엔 그것을 뉘우치거나 환멸스러워하는 이야기가 많은데, 그 타락의 경험이나 발상이 그토록 죄스럽고 수치스럽고 신성모독적인 것이기에 오히려 더더욱 황홀하게 느껴지는 것이다.

이러한 테마는 〈스핑크스〉에서 가장 강렬하게 극대화된다. 와일드는 이 시에서 4행시의 행들을 이어 붙여 2행시로 바꾸는 과감한 형식적 실험을 시도하면서, 기묘하고 낯선 운율 아래 장식적인 문장들을 한껏 펼치고 있다. 대학생인 화자는 한밤중의 기숙사 방에 슬그머니 들어온 고양이 한 마리를 보고 신화 속의 여성 괴물인 스핑크스를 연상하면서, 고대 이집트의 역사와 신화를 아우르는 환상 속으로 독자들을 끌어들인다. 화자는 이집트의 강력한 신들을 하나하나 열거하며 그들과 스핑크스의 상상 속 성교 장면을 에로틱하게 묘사하고, 아름다운 육체, 술과 음식, 호화로운 보물과 옷가지와 진기한 향유 등으로 누릴 수 있는 온갖 감각적 쾌락을 꿈꾸며, 고대 세계 군주들의 찬란했던 권력과 영광을 되새긴다. 이 모든 것은 기독교가 아니라 이교의 문명에서 가능했던 영광이고, 화자는 명백히 기독교의 신성을 위반하는 열망과 동경을 표출하고 있다. 그러나 곧 화자는 고대의 환상에서 빠져나와 현실로 되돌아온다. 이제 그는 자신이 탐했던 신성모독적인 상상들이 부끄럽고 더 나아가 공포스럽게 느껴진다. 그는 뒤늦게 죄책감에 사로잡혀 고양이를 방에서 쫓아내고 십자가상의 예수를 찾는다. 하지만 인간들의 영혼을 위해 "헛되이" 울고 있는 예수의 눈물이나 그의 초라하고 고통스러운 육신과 대조되어, 이집트 신들의 아름다움은 더욱 강렬한 인상을 남긴다. 애초에 화자가 기독교인이 아니었다면 이교의 금지된 것들이 그토록 유혹적으로 느껴지지도 않았을 것이다.

그런데 여기서 궁극적으로 금지된 것은 여성성이다. 화자가 매료되는 것은 스핑크스라는 강력한 여성형 존재의 아름다움이고, 화자가 탐닉하는 환상들은 곧 여성적 세계의 환상이기 때문이다. 여성성은 곧 이교, 고대 이집트, 삶으로 표상되고, 기독교, 19세기 영국, 죽음은 곧 남성성을 상징한다. '4악장'에서와 마찬가지로 여기서도 화자는 여성을 탐한 죄악을 뉘우치고, 기독교로 대변되는 남성적 질서로 되돌아오는 노선을 택한다. 하지만 우리가 간과하지 말아야 할 점은, 실제 이집트 신화에서는 스핑크스가 남성이라는 점이다. 여성 스핑크스가 등장하는 곳은 본래 이집트가 아니라 그리스 신화이다. 이 시에서 와일드는 이집트의 남성형 스핑크스와 그리스의 여성형 스핑크스를 혼합하면서, 여성성과 남성성을 의도적으로 뒤섞고 있는 것이다. '4악장'의 연인이 소년이면서 동시에 여성이었던 것처럼. 그러므로 〈스핑크스〉에 등장하는 스핑크스의 젠더는 지극히 '퀴어'해진다. 스핑크스는 남성의 자리를 찬탈한 여성이면서, 동시에 여장을 한 남성이다.

그렇다면 〈스핑크스〉에서 화자를 끊임없이 유혹하는 것, 그러나 기독교의 질서에 의해 금지된 것, 그렇기 때문에 더더욱 유혹적으로 다가오는 것이란 바로 남성인 와일드가 여성성을 투과함으로써 얻을 수 있는 '퀴어성'이라 하겠다. 이렇게 봤을 때에야 비로소 와일드의 퇴폐주의적 시 세계를 지배하는 길티 플레저guilty pleasure의 정서를 근본적으로 이해할 수 있다. 동성애를 혐오하는 당대의 기독교 규범에서 자신의 자리를 찾지 못하고 이교의 헬레니즘 사상에 몸을 맡겨야 했던 퀴어들은, 스스로를 죄인이자 추방자로 느끼면서도 그러한 상태를 즐기는 것으로 위안을 삼을 수밖에 없었을 것이다.

와일드의 시들은 당시 게이 독자들에게는 당연히 퀴어 코드로 이해될 수 있는, 상류층 게이 커뮤니티의 '공용어'로 되어 있었고, 그 커뮤니티 바깥의 이성애자 독자들은 대부분 아무것도 눈치채지 못했다. 그럼에도 무언가 수상쩍은 기미를 감지한 사람들은 있었다. 와일드의 퇴폐주의적 시들은 부도덕하다는 이유로 기성 평단으로부터 거센 반발과 비난의 대상이 되었는데, 가장 격앙된 혹평을 쏟아낸 사람 중 한 명은 미국의 작가인 앰브로스 비어스Ambrose Bierce였다.

"이 형언 못할 지진아는 할 말이 아무것도 없고, 자신은 할 말이 아무것도 없노라고 아예 고백하고 있다. 그러면서 그 고백을 형편없는 솜씨로 덕지덕지 장식하고, 터무니없이 천박한 태도, 제스처, 복장으로 치장해놓은 것이다. 이렇게나 가증스러운 사기꾼, 이렇게나 멍청한 얼간이, 이렇게나 다각적으로 비위를 거스르는 괴짜는 그야말로 전대미문이다. 그러니 그와 똑같은 멍청한 여자가 자신의 귀를 간질이며 지성을 자극하는 그의 혓바닥의 감촉에 홀딱 반하는 것이다. (…) 그리하여, 백치가 금속 강아지 장식품을 상대로 논쟁하는 데에나 필요할 지식과, 돼지 치는 사람에게나 걸맞을 화술과, 수고양이가 임신하는 데에나 적합할 상상력을 가지고 (…) 그는 여자들의 눈에서 쏟아지는 광채를 한 몸에 받으며 무의미한 헛소리를 웅얼거린다. 정말이지 신물이 날 노릇이다. 그런데 이 흐느적거리는 멍텅구리가 뻔뻔스럽게도 자기 이름을 스윈번, 로제티, 모리스와 나란히 놓다니—똥 더미 위를 뒹구는 볏 단 암탉 따위가 감히 독수리들과 함께 날겠노라고 말하다니."

1882년 3월 31일 《말벌》 중

비어스의 맹렬한 공격에는 다분히 감정적인 분노가 실려 있다. 와일드는 진정한 재능이 없고, 남들의 솜씨를 가져다가 외설적인 글을 그럴싸하게 포장해내는 얼치기에 불과한데, 감히 위대한 문인들의 이름을 들먹이며 그들의 권위를 등에 업은 채 시인 행세를 하고, 받을 자격이 없는 과분한 관심을 받고 있다는 것이다. 무엇보다도 그의 심기를 거스른 것은 와일드가 특히 '여성 독자'들의 관심을 받는다는 점이었다. 문학이 뭔지도 모르는 "멍청한 여자"들이 그의 시에 현혹되고, 와일드는 그들의 찬사에 둘러싸인 채 그런 여자들이나 좋아할 법한 "무의미한 헛소리"를 늘어놓고 있다고 비어스는 힐난한다. 그리고 와일드를 "볏 단 암탉"이라고 부르고, 그의 상상력으로 "수고양이가 임신"할 법하다고 조롱하면서 와일드의 남성성을 깎아내리고 있다. 요컨대 와일드는 가짜 시인일 뿐만 아니라 가짜 남자라는 것이다.

이처럼 미국의 평단에서는 와일드의 남자답지 못한 면을 민감하게 감지했다. 당시 미국 남성들은 농경을 기반으로 한 미국 남성들의 건강하고 기운차고 우직한 이미지야말로 진짜 남자다운 것이라고 여기고 있었다. 유전적 퇴화를 거듭하며 몰락해가는 귀족들의 병약함, 과거의 위대한 황금시대를 그리워하는 열등감과 죄의식, 권태에 빠져 "흐느적거리는" 연약하고 무기력한 남자들의 나긋나긋한 말씨를 연상시키는 유럽의 퇴폐주의 조류는 그들에게 경멸감을 불러일으켰다. 그러던 차에 와일드가 1882년 미국으로 건너가 순회강연을 다니면서 그런 식의 경멸스러운 언어를 구사하여 사교계 숙녀들에게서 선풍적인 인기를 끌어 모으자 미국의 남성 문인들은 우려와 한탄을 금치 못했다. 그들이 생각하기에, 와일드가 여자들이 좋아할 만한 문학을 한다는 것은 와일드의 남성성 부족을 증명하는 것이었고, 남성성 부족이란 곧 진정한 문학성의 부족을 뜻했으며, 그렇기에 더더욱 여자들이 와일드와 같은 자의 시집을 좋아해서는 안 되는 것이었다. 미국 작가 T. W. 히긴슨은 "남자답지 못한 남성성"이라는 칼럼에서 와일드를 비난하면서, "우리 사회의 도덕적 순결성을 수호해야 할 의무가 있는 여성들"이 〈카르미데스Charmides〉 같은 극악무도한 시[3]를 쓴 영국인을 반갑게 맞아들이는 사태에 개탄한다. 그리고 "우리는 영문학이 여성들의 영향을 받아서 도덕적으로 더욱 순결해진 줄 알았는데, 와일드나 휘트먼 같은 저급한 시인들의 시집이 숙녀들의 침실에 놓여 있는 걸 보면 그렇지도 않은 모양"이라고 덧붙인다.

3 아테나 여신상을 사랑하여 겁탈하고 그 벌을 받아 죽은 청년과, 그 청년의 시신을 너무 사랑한 나머지 죽게 된 님프에 대한 이야기가 나온다.

당시 와일드의 젠더에 대해 가장 먼저 의문을 제기한 이들이 누구보다 남성성에 집착하던 이들이었다는 점은 흥미롭다. 그 시대의 마초들은 자신들의 호모소셜 안에 침투한 이질적인 존재를 예민하게 알아차렸던 것이다. 어쩌면 그들에게 와일드의 관능적인 시들이 정말로 거슬렸던 까닭은 단순히 그 내용이 외설적이거나 수준 이하였기 때문이 아니라, 그 속에서 남성성과 여성성의 개념이 교란되고 있음을 알아차렸기 때문일지도 모른다. 와일드의 여러 시, 소설, 희곡에는 성적으로 적극적이고 주도적인 여주인공들이 등장하는데, 작품의 서술자가 그 여성 인물들의 시점에 동조하면서 젠더를 뒤섞는다는 점은 특히 주목할 만하다. 대표적으로 〈엔디미온〉의 화자, 희곡 〈살로메Salomé〉(1891)의 살로메가 와일드의 퀴어적 자아라고 생각하고 읽어보는 것도 충분히 가능한 일이다.

3. 와일드의 몰락

영국 형법에서 남색죄는 헨리 8세 시대부터 있었다. 하지만 그 법률은 항문 성교라는 행위를 특정하여 처벌하는 것이었고, 범죄 혐의를 증명할 방법이 사실상 없었기 때문에 거의 선고되지 않았다. 오랜 세월 동안 남색은 혐

오스러운 죄악이었으나 사회의 눈에는 보이지 않았다. 사회는 남성 동성애자들을 핍박하기 이전에 그들의 존재 자체를 지우고 무시해왔던 것이다. 남색이 수면 위로 불거져 대대적인 박해의 대상이 된 것은 19세기 말이 되어서의 일이었다. 당시 빅토리아 사회는 빠른 산업적, 기술적 진보와 더불어 급속도로 변화하고 있었고, 그만큼 기독교적 가치관과 가부장제의 덕목을 수호하고자 하는 보수주의적 반동이 강했다. 무너져가는 나라의 기강과 도덕적 해이를 염려한 이들은 '영국이 현대의 바빌론이 되고 있다'고 개탄하며, 아동과 처녀 들의 성매매, 남성 간 성매매, 국제적인 인신매매, 엽기 범죄 등이 횡행하는 실태를 고발했다. 이에 자유당 소속 하원 의원이자 작가였던 헨리 라부셰어Henry Labouchère는 1885년, 여성들을 성폭력과 성매매로부터 보호하고 남성 간 모든 종류의 성행위를 처벌하기 위한 형법 개정안을 발의하여 통과시켰다. 와일드가 바로 그 법으로 유죄 판결을 받은 것은 그로부터 10년 뒤인 1895년이었다.

와일드가 악명 높은 게이 탄압 법률의 대표적인 희생양이 된 데에는 여러 요인이 작용했다. 그중에서 가장 잘 알려진 것은 물론 그의 연인이었던 앨프리드 더글러스Lord Alfred Douglas와의 관계다. 더글러스는 퀸즈베리 후작의 셋째 아들로, 1891년 스물한 살의 나이에 와일드와 처음 만난 뒤 급속도로 가까워졌다. 그는 와일드와 만나기 전부터 옥스퍼드 대학 게이 커뮤니티에 속한 시인 지망생이었고 《도리언 그레이의 초상》의 저자인 와일드를 내내 동경하고 있었다. 그를 만난 뒤에는 그의 지성과 언변과 문학적 영향력에, 그리고 그와 함께하는 사교 생활과 유흥에 매혹되었다. 한편 당시 서른일곱 살이었던 와일드에게 더글러스는 상상 속에서 튀어나온 그리스 미청년 그 자체였을 것이다. 그는 더글러스의 변덕, 사치, 제멋대로인 성격에 쩔쩔매면서도 그의 응석을 받아주었고, 그와의 관계에 빠져들면서 일상에 많은 영향을 받았다. 후일 와일드는 더글러스와 만나는 4년 동안 창작에 전념하지 못해 작가로서 큰 타격을 입었다고 불평했지만, 〈살로메〉, 〈윈더미어 부인의 부채Lady Windermere's Fan〉(1892), 〈보잘것없는 여인A Woman of No Importance〉(1893), 〈이상적인 남편An Ideal Husband〉(1895), 〈진지함의 중요성The Importance of Being Earnest〉(1895) 등 뛰어난 희곡들을 연달아 발표하면서 와일드의 생애에서 가장 풍성한 문학적 결실을 맺은 것이 바로 이 시기였던 걸 보면, 더글러스는 오히려 와일드의 창작력에 긍정적인 동력을 주었던 듯하다. 문제는 와일드가 더글러스와 함께 즐겼던, 하류층 청년들과의 관계였다.

오늘날 사람들은 흔히 와일드가 더글러스와 연애를 한 죄로 감옥에 갇혔다고 오해하는 경향이 있지만, 이는 사실이 아니다. 물론 더글러스의 아버지인 퀸즈베리 후작은 와일드가 자신의 아들을 타락시키고 있다고 여겨서 그를 위협했고, 후작과의 갈등이 결정적인 계기가 되어 와일드가 송사에 휘말린 것은 사실이지만, 1895년 당시 와일드가 더글러스와 남색을 저질렀다는 혐의로 기소된 것은 아니었다. 와일드는 앨프리드 테일러Alfred Taylor라는 알선업자를 통해 하층 계급의 젊은 청년들을 소개받아 화대를 주고 남색 행위를 했다는 이유로, 즉 남창들을 샀다는 이유로 기소당해 법정 최고형인 2년 징역형을 선고받았다.

더글러스와 만나면서부터 와일드는 예전처럼 명문대 출신의 품위 있는 작가나 예술가 남성들과만 교제하지 않았다. 더글러스와 와일드는 함께 런던 게이 커뮤니티의 지하 세계를 누비고 다니면서 이전보다 더욱 무모하고 과감한 일탈을 즐겼다. 남창 청년들, 되도록이면 나이가 어리고 경험이 없는 청년들을 소개받아, 고급 레스토랑에 데려가 식사를 하고, 값비싼 선물을 주고, 호텔 방으로 데려가 성관계를 가진 다음 돈을 주는 식이었다.

그 남창들은 대체로 하인이나 점원으로 일하다가 실직해, 경제적 어려움 때문에 매음에 나선 하류층 청년들이었다. 와일드와 더글러스는 남들의 이목도 개의치 않고 레스토랑, 카페, 호텔에서 버젓이 그들과의 만남을 즐겼다. 사교계의 빈축을 살 만한 일이었고, 남창들 중에는 고객의 비밀을 폭로하겠다고 협박해서 돈을 뜯어내는 공갈범들도 있었지만, 그럼에도 불구하고 와일드는 위험한 모험을 멈추지 않았다. 아니, 오히려 위험하기 때문에 더더욱 그 상황을 즐겼다.

> "사람들은 식사 자리에 행실이 좋지 않은 젊은이들을 초대해 그들과 함께 즐거운 시간을 보냈다는 사실에 대해 내게 맹렬한 비난을 퍼붓곤 했지. 하지만 삶의 예술가로서 그들에게 다가가 살펴본 바 그들은 유쾌한 암시와 자극으로 가득 찬 존재들이었어. 그들과 함께 시간을 보내는 것은 마치 검은 표범들과 주연을 벌이는 것과도 같았지. 거기서 느껴지는 흥분의 반은 그에 포함된 위험에서 오는 것이었어. (…) 그들은 내게 가장 빛나는 금빛 뱀들이었어. 그들이 지닌 독은 그들의 완벽성의 일부였지."
>
> 오스카 와일드, 《심연으로부터》, 박명숙 옮김(문학동네, 2015) 중

와일드와 더글러스는 직업적인 남창들만 상대한 것이 아니었다. 그들은 호텔이나 길거리를 걸어 다니면서 취향에 맞는 성적 파트너를 찾는 일, 이른바 크루징cruising을 하면서, 평범한 노동 계급 청년들을 유혹하기도 했다. 사실 그중 상당수는 청년이라기보다는 소년이었다. 와일드와 더글러스는 '그리스적 소년애'의 신봉자들답게 십대 소년들을 좋아했던 것이다. 그뿐만 아니라 와일드는 자신의 책을 내주는 출판사에서 일하던 직원을 호텔로 초대해서 술을 먹이고 유혹하기도 했다. 그 직원은 문학계의 유명 인사인 와일드를 동경했기에 초대를 기쁘게 받아들였으나, 이후에 와일드의 성적 접근에 심각한 수치심을 느꼈다고 법정에서 진술했다.

와일드와 더글러스의 성생활에서 상당 부분은 오늘날의 기준으로 보면 의제 강간이거나, 미성년자 약취이거나, 위계를 이용한 성폭행에 해당할 것이다. 그러나 당시에는 위계 폭력이라는 개념도, 성관계 동의 연령이라는 개념도 없었고,[4] 하물며 그런 혐의 때문에 기소되거나 처벌받을 일은 더더욱 없었다. 영국 지배 계층이 와일드의 성생활을 가혹하게 단죄한 것은 와일드가 자신보

4 법적으로 정해진 성관계 동의 연령은 여성에게만 한정되어 있었다.

다 약한 하층민 청소년들을 착취했기 때문이 아니라, 비천하고 상스럽고 야비하고 무식한 하층민 무리와 어울리며 그들과 엽기적인 외설 행각을 벌였다는 이유에서였다. 더 나아가, 그런 엽기적인 무뢰배와 한패인 와일드가 겉으로는 점잖은 신사인 척 행세하며 영국의 상류층에 침투해, 앨프리드 더글러스 경과 같은 귀족 청년들을 사악한 사상으로 물들이고 타락시켰다는 이유가 크게 작용했다. 오스카 와일드는 영국의 계급 질서를 흐트러뜨리는 위험인물이자, 부도덕한 시집과 소설책과 연극으로 남색이라는 사악한 사상을 온 나라에 전파하는 무시무시한 괴물이었던 것이다.

전술한 바와 같이, 나이가 많은 남성이 어린 남성을 사랑하는 '소년애'는 19세기 영국 남성 동성애의 문화적 표현 양식의 하나였다. 또한 부유하고 권세 높은 신사들이 그들보다 더 어리고 가난하고 무력한 처지의 노동 계급 청년들을 포식捕食하는 것 역시, 당대 사회에서 남성 동성애가 이루어지는 하나의 방식이었고, 헬레니즘의 찬란한 도덕적 명분 뒤에 가려진 어두운 측면이었다. 와일드는 이 두 가지 방식을 모두 섭렵하면서, 자신이 일찍이 '4악장'이라는 제목의 연시들에서 스스로 예고했던 타락의 절차를 그대로 밟아갔다. "예술이 삶을 모방하는 것이 아니라, 삶이 예술을 모방한다"라는 자신의 유명한 경구를 증명하기라도 하듯이. 만약 와일드가 명문대 출신의 품위 있는 작가나 예술가 남성들하고만 교제했더라면, 설사 국가에 발각되었더라도 어디까지나 고귀한 그리스식 우정이었다고 변명할 수 있었을 것이다. 하지만 더글러스와 함께 런던 빈민가의 공갈범들, 남창들, 신문팔이 소년들을 데리고 곳곳에서 벌였던 성관계의 흔적들은, 법정에서 제아무리 뛰어난 말솜씨로 포장하려 해도 도저히 '고귀해' 보이지가 않는 성질의 것이었다. 와일드와 더글러스는 그야말로 "이 불안하고 분주한, 현대의 세상 속"에서 "쾌락을 마음껏 즐겼"고, 둘 중에서 와일드 혼자서만 그 쾌락의 대가를 고스란히 치렀다. 더글러스는 어엿한 귀족이었고, 남색 스캔들이 정계 인사들에게까지 번져서는 안 되었기에 보호받을 필요가 있었다. 와일드와 교제했던 하층민 청년들은, 법정에서 와일드를 유죄로 몰아넣는 증언을 한 공로로 기소당하지 않았던 것으로 추정된다. 그렇게 해서 영국 남성 사회에 퍼져 있던 은밀한 문화의 도덕적 책임이 오로지 와일드 한 사람에게 씌워졌던 것이다.

4. 레딩 감옥의 노래

《도리언 그레이의 초상》을 비롯한 와일드의 몇몇 작품들은 재판에서 그의 남색 성향을 입증하기 위한 증거로 채택되었다. 기소 측은 배심원들과 방청객들 앞에서 "나는 자네를 미치도록, 호사스럽게, 터무니없이 숭배했어. 자네가 말을 거는 모든 사람을 질투했네"와 같은 구절들을 소리 내어 읽고, 한 줄 한 줄을 문제 삼아 캐물었다. 또한 와일드가 더글러스에게 쓴 연서 몇 통도 입수해, "붉은 장미 꽃잎 같은 당신의 입술"이라든지 "내 사랑, 내 근사한 소년, 당신은 왜 여기에 없는 거지?"와 같은 애틋하고 비밀스러운 구절들을 적나라하게 읊었다. 와일드는 그 모든 것이 처음부터 끝까지 예술이거나 순수한 우정의 표현이라고 응수하면서, 세계적으로 인정받는 자신의 예술 작품들의 가치와 명성에 호소했다. 하지만 와일드가 결국 유죄 평결을 받고, 고급 맞춤 정장이 아닌 후줄근한 죄수복을 입고, 사교계의 스타가 아니라 교도소에서 노역하는 비참한 죄수 신세로 전락하자, 더 이상 아무도 와일드의 글을 오롯이 예술이라고 볼 수 없었다. 남색가들의 공용어는커녕 남색의 존재조차 몰랐던 독자들까지도 이제는 그 책들을 '남색어의 교본'쯤으로 여기며 진저리를 쳤고, 이제껏 아무것도 모르고 마냥 즐겁게 봤던 연극들이 실은 자신들에게 변태적인 사상을 전염시키는 바이러스의 숙주였다는 사실을 뒤늦게 알게 된 관객들은 거의 공포에 질렸다. 이후로 영국의 서점가와 극장가는 일제히 와일드의 작품들의 판매 및 공연을 중지했고, 거의 수십 년 동안 오스카 와일드라는 이름은 사람들 사이에서 언급조차 꺼려지는 금기어가 되었다.

온 세상 앞에서 자신의 사랑이 웃음거리가 된 것과 자신의 문학이 휴지 조각이 되어 짓밟힌 것, 와일드에게 둘 중 무엇이 더 고통스러웠을지 알 수 없다. 와일드는 문학적 열정과 성취를 세상 그 무엇보다도 중요하게 생각했지만, 사실 그의 타고난 성정은 문학보다 삶에 더 많은 열정을 기울였고 사랑에서 더 큰 성취감을 느꼈다. 그렇지만 그가 죽은 지 거의 반백 년이 지나서 그의 작품들이 다시 전 세계의 조명을 받으리라는 것을, 그 작품들이 와일드 자신이나 더글러스나 그의 동시대인 그 누구보다도 더 오래 살아남아 수많은 독자들에게 끝없는 재평가의 대상이 되리라는 것을 그가 미리 알았더라면, 그는 무척 기뻐했을 것이다.

하지만 감옥에 갇힌 와일드는 자신이 죽고 나서 작품으로 부활하리라는 것을 알지 못했다. 그는 자신의 망가진 삶과 문학을 출소 이후 어떻게 부활시킬지 궁리해야 했다. 2년간의 고통스러운 수감 생활을 마치고 프랑스로 떠난 뒤 1898년, 와일드는 자신의 수인번호였던 C. 3. 3.이라는 가명으로 한 편의 시를 발표했다. 그것이 〈레딩 감옥의 노래〉였다.

〈레딩 감옥의 노래〉는 총 109연으로 이루어진 장시로, 와일드가 석방되고 1900년 마흔여섯을 일기로 사망하기까지 4년 동안 그가 남긴 유일한 작품이다. 또한 와일드의 시 중에서 대중적으로나 문학적으로나 가장 큰 성공을 거둔 작품이기도 하다. 프랑스에서의 곤궁한 추방 생활을 타개하고자 했던 와일드는 영국에서 단행본으로 출간된 〈레딩 감옥의 노래〉가 잘 팔리지 않을까 봐 걱정했지만, 다행히도 책은 날개 돋힌 듯이 팔려나가 증쇄를 거듭했고, 덕분에 와일드는 죽기 전까지 얼마간의 인세 수입을 거둘 수 있었다. 영국 사회에서 악마로 낙인찍힌 그의 시가 판매될 수 있었던 것은 물론 그가 가명을 썼기 때문이었다. 하지만 C. 3. 3.이라는 시인의 정체가 오스카 와일드임을 대부분의 사람들이 짐작하지 않았더라면, 〈레딩 감옥의 노래〉가 그토록 인기를 끌지는 못했을 것이다. 대중은 그를 혐오하면서도 동시에 애가 타도록 궁금해했던 것이다. 대중의 생리를 간파하는 데에 언제나 능했던 와일드답게, 그는 공공연한 비밀을 좋아하는 사람들의 심리를 노려서 익명이라는 가면을 택했다. 본래 그는 오스카 와일드라는 이름과 그 화려한 존재감을 통해 자기 문학을 펼치는 사람이었는데, 이때만큼은 자신의 이름을 감춘 문학을 통해 자신의 존재감을 내보였다.

시인으로서의 와일드가 남긴 최고의 걸작으로 꼽히는 〈레딩 감옥의 노래〉가, 와일드가 기존에 취했던 문학적 노선을 여러 방면에서 정반대로 뒤엎은 작품이라는 점은 아이러니하다. "예술이 삶을 모방하는 것이 아니라, 삶이 예술을 모방한다"는 표어를 내걸었던 예술지상주의자 와일드는 "매우 추하고 실리적인 시대에서는, 예술은 삶이 아니라 예술 그 자체에서 소재를 가져온다"라고까지 주장했고, 그만큼 그의 작품들은 대부분 동시대의 현실과 현저히 동떨어져 있었다. 소설이나 동화는 거의 항상 환상문학과 고딕문학의 테두리 안에 있었고, 동시대 상류 사회를 묘사하는 희곡들은 삶을 진지하게 관찰하기보다는 한 걸음 떨어져서 조롱하고 비틀어서 웃음거리로 삼는 방식이었으며, 시에서는 다른 이들의 시, 그림, 음악 등에서 소재를 거리낌 없이 차용하는 바람에 표절이라는 비난을 받기도 했다. 그런데 〈레딩 감옥의 노래〉만은 달랐다. 이 시는 와일드가 생애 처음이자 마지막으로, 자신이 현실에서 경험한 사건을 소재로 쓴 사실주의적인 시다. 삶에 대해 쓴, 그리고 삶에 바친 시다.

시는 와일드와 같은 시기에 레딩 교도소에 수감되었던 찰스 토머스 울드리지Charles Thomas Wooldridge라는 한 사형수에게 헌정되어 있다. 왕실 근위대 기병이었던 울드리지는 아내를 살해한 뒤 경찰에 자수했고, 살인죄로 사형 선고를 받아 1896년 7월에 교수형당했다. 와일드는 울드리지가 이승에서 마지막 시간을 보내고, 처형되고, 시신이 땅에 묻히기까지의 잔혹한 과정을 서사적으로 그려나가면서, 그를 지켜보는 화자 자신의 고통과 더불어 모든 죄수의 고통을 연결 짓는다. 그들은 모두 세상으로부터 추방되어 햇빛도 거의 닿지 않는 깊디깊은 고통과 수치의 구렁텅이에 갇힌 신세였다. 너무 딱딱해서 잠을 이룰 수 없는 침대와 하루에 세 번만 비울 수 있는 양철통 요강 하나가 덩그러니 갖추어진 악취 나는 감방에서 그들은 빈약하고 불결한 식사를 하고 만성적인 허기와 설사병에 시달렸다. 서로 대화할 수도 없고, 성경과 《천로역정》 외에는 아무런 책도 읽을 수 없었으며, 모든 인간적인 존엄과 행복을 박탈당한 채 침묵하며 지내야 했다. 게다가 그들에게 주어지는 노동은 건강한 사람들도 견딜 수 없을 만큼 가혹했다. 나라에서 죄수들에게 노역을 시키는 명분은 사회에 봉사하며 죗값을 갚고 갱생하라는 것이었지만, 실제로는 그들의 몸과 마음을 파괴하는 것 외에는 사실상 아무런 목적도, 의미도 없는 중노동이었다. 죄수들은 손에 피가 나도록 밧줄을 풀어내 뱃밥을 만들었고, 하루에 여섯 시간씩 트레드밀을 밟으며 끝없는 계단을 오르는 것이나 다름없는 고역을 치렀으며[5], 반짝반짝 윤이 나는 마룻바닥과 계단 난간을 무의미하게 걸레질하거나, 부술 이유가 없는 돌덩이를 부수거나, 무거운 회전반을 팔로 돌리는 동작을 하루에 14,400번씩 되풀이했다. 그 외의 시간에는 '운동'이라는 명목으로 교도관들에 의해 가축처럼 내몰려서 교도소 앞마당을 빙글빙글 원을 그리며 걸어 다녀야 했다. 〈레딩 감옥의 노래〉의 화자가 사형수를 본 것은 바로 그 '운동' 시간 때였다. 유난히 침착하면서도 애틋한 눈빛으로 하늘을 올려다보며 걷고 있는 한 죄수를 지켜보며, 화자는 그에게 닥쳐올 죽음의 공포에 전염되고, 이어서 모든 죄수가 같은 공포 속에서 자신들의 목을 죄어오는 절망과 죄악감에 사로잡힌다.

시는 죄수들이 마당에서 원을 그리며 도는 움직임에서

5 트레드밀은 사람의 힘으로 곡식을 빻거나 물을 긷는 쳇바퀴를 굴리는 장치로, 현대에 와서는 운동 기구로 변형되었다.

시작되어, 힘겨운 노동이 단조롭게 반복되는 죄수들의 하루하루를 보여준다. 그와 동시에 시의 형식 자체도 일정한 구절과 장면 들을 반복하면서 원을 그리듯 순환한다. 시의 구조, 사건, 줄거리 모두가 순환하면서 단테의 《신곡》〈지옥편〉을 연상케 하는 원형의 지옥을 그려내는 것이다. 이 지옥 한가운데에서 와일드는 중세부터 전해져 내려오는 죽음의 무도Danse Macabre 알레고리, 즉 죽은 자들과 함께 원무圓舞를 추는 광경을 묘사함으로써 죽음의 보편성을 보여주는 전통적 기법을 사용한다. 춤추고 노래하는 악령들 사이에서 죄수들이 다 같이 전율하며 처형의 순간을 기다리는 섬뜩한 장면은 독자들까지도 그 불길한 원무로 끌어들이는 듯하다.

〈레딩 감옥의 노래〉에는 기독교적 상징과 초자연적인 환상 들이 풍부하게 쓰였지만, 시의 근본적인 기조는 무엇보다도 사실주의다. 와일드는 교도소의 열악한 환경, 육체적·정신적 고통에 시달리는 죄수들의 처지, 수형 제도의 부조리, 사형 제도의 폐단을 낱낱이 파헤쳐 고발하고 있다. 이 시에서뿐만이 아니라, 와일드는 언론에 영국 교도소에서 재소자들이 겪는 참상과 특히 어린아이들이 당하는 학대의 실상을 적은 고발문을 투고하며 제도의 개혁을 맹렬히 촉구하기도 했다. 마침 글래드스톤William

Gladstone 수상이 교도소 조사위원회를 조직한 참이었고, 와일드의 〈레딩 감옥의 노래〉와 고발문들은 조사위원회의 실태 파악과 여론에 많은 영향을 미쳐 마침내 1898년 교도소법이 개정되는 데에 기여했다. 일찍이 "모든 예술은 무용하다"면서 예술은 인간의 삶에서 아무런 실용적 기능을 하지 않아야 한다고 주장했던 와일드가 프로파간다로서의 문학을 쓰게 된 것이다.

〈레딩 감옥의 노래〉가 그만큼 강한 호소력을 발휘한 데에는 시 전체를 아우르는 연민의 힘이 작용했을 것이다. 와일드는 동료 수감자들과 사형수에게 깊은 연민을 보내며, 그들의 고통과 공포와 회한을 자기 자신의 감정으로 고스란히 받아들인다. "우리—바보, 사기꾼, 악한 들은/ 끝없는 밤을 지새웠고/ 고통의 손아귀에 놓인 우리의 머릿속에/ 서로의 공포가 흘러들었네"라는 시구가 잘 보여주듯, 와일드는 화자로서의 자신을 죄수들 중 한 명으로 설정하여 '우리'로서 공통의 정체성을 내세우고 있다. 더 나아가 그는 "모든 사람은 자신이 사랑하는 것을 죽이지"라는 유명한 시구를 중심축으로 삼아, 시를 읽는 독자들 역시 누구나 크든 작든 죄를 저지르는 처지임을 상기시킨다. 그리고 신 앞에서는 모두가 죄인인 인간들이 같은 인간에게 죄를 묻고 벌을 주고 학대하고 목숨까지 빼앗을 권리가 있느냐는 통렬한 질문을 던진다. 그 질문 앞에서 독자들은 이 시의 화자와 마찬가지로 죄수들에게 연민을 느낄 수밖에 없다. 그리고 수인번호 C. 3. 3.의 화자가 동성을 사랑한 죄로 감옥에 갇힌 오스카 와일드임을 아는 한, 독자들은 결국 와일드에게, 즉 박해받는 퀴어에게 연민을 느끼게 될 것이다.

만약 와일드가 감옥에서 그만큼의 고초를 겪게 될 줄, 그리고 망가진 몸과 마음으로 국외를 떠돌다 뇌막염으로 죽게 될 줄 미리 알았더라면, 그는 처벌을 피해 진작 어디론가 도망쳤을지도 모른다. 재판 과정에서 그에게는 영국 땅을 탈출해 다른 나라로 망명할 기회가 몇 번이나 있었다. 애초에 더글러스의 아버지와의 법적 분쟁에서 이기겠다는 무모한 시도를 하지 않았더라면 이 모든 화를 당하지 않을 수도 있었다. 그럼에도 와일드는 구태여 위험한 도박에 뛰어들었고, 불 보듯 뻔한 파국을 자초했다. 그건 그 파국의 규모와 강도를 충분히 예상하지 못한 탓도 있었겠지만, 달리 선택의 여지가 없었기 때문이기도 했다. 그 시점에서 와일드는 공갈범들이나 퀸즈베리 후작과 같은 사람들의 '아우팅' 위협에 시달리며 언젠가는 파탄 날 이중생활을 간신히 이어나가는 굴욕적이고 불안한 삶과, 세간의 비난과 국가의 처벌을 온몸으로 뒤집어쓰고서라도 당당하게 패배하는 삶, 둘 중 하나를 선택해야만 하는 기로에 서 있었다. 그리고 와일드는 긍지를 위해, 사랑을 위해 후자를 택했다.

그 대가로 와일드는 성 소수자로서 영국 사회의 범죄자, 추방자, 미치광이, 이방인 등의 불가촉천민과 같은 층위로 전락했지만, 떳떳하게 인정하고 받아들였다. 일례로 와일드는 "나는 이제 범죄자 계급에 속하니, 범죄자들이 많이 구독하는 잡지에 시를 싣고 싶다"면서 《레이놀즈 매거진》에 〈레딩 감옥의 노래〉를 게재해달라고 요청했다. "내 작품이 내 동류 사람들에게 읽히는 경험은 평생 처음 해본다"라며 사뭇 뿌듯한 어조의 말도 덧붙이면서. 또한 그의 친구들이 그가 억울하게 누명을 썼다며 감싸주려고 하자, 와일드는 자신이 남색을 한 것은 어디까지나 사실이니 그 사실을 인정해달라고 요구하기도 했다. 친구들이 자신에게 실망하거나 등을 돌릴 수 있다는 것을 알고 있었지만, 그럼에도 그에게는 사람들을 기만하고 그들의 동정에 거짓되게 호소하는 것이 동성애보다 더 수치스러운 일이었던 것이다.

와일드는 영국의 남색죄 조항이 지극히 부당하다며, 그 법을 철폐하기까지의 길은 "수많은 순교자들의 피로 물들" 테지만 그럼에도 "우리는 이길 것"이라고 예언했다. 과연 그 법은 많은 희생자의 목숨을 빼앗은 끝에 1967년에야 결국 폐지되었다. 하지만 지금까지도 세계 각지에서는 성 소수자들을 탄압하는 제도가 존속하고 있고, '우리'는 여전히 싸움을 벌이는 중이다. 이 싸움이 계속되는 한, 파리에 있는 와일드의 무덤에는 묘비에 새겨진 〈레딩 감옥의 노래〉의 한 구절을 마주하기 위한 조문객들의 발걸음이 끊임없이 이어질 것이다.

그리고 깨어진 지 오랜 연민의 항아리에는
　　이방인들이 그를 위해 눈물 흘리리.
그의 죽음을 슬퍼하는 이들은 추방자일 터이고
　　추방자들은 언제나 슬퍼하리니.

2018년 2월

김지현